郁金香书系

我的外公、爷爷和爸爸

叶小沫 著

南京师范大学出版社

图书在版编目(CIP)数据

我的外公、爷爷和爸爸/叶小沫著. —南京:南京师范大学出版社,2017.2
(郁金香书系)
ISBN 978-7-5651-3077-9

Ⅰ.① 我… Ⅱ.① 叶… Ⅲ.① 随笔－作品集－中国－当代 Ⅳ.I267.1

中国版本图书馆 CIP 数据核字(2016)第 324411 号

书　名	我的外公、爷爷和爸爸
作　者	叶小沫
责任编辑	丁亚芳
出版发行	南京师范大学出版社
地　址	江苏省南京市宁海路122号(邮编:210097)
电　话	(025)83598919(传真)　83598412(营销部) 83598297(邮购部)
网　址	http://www.njnup.com
电子信箱	nspzbb@163.com
照　排	南京理工大学资产经营有限公司
印　刷	江苏凤凰扬州鑫华印刷有限公司
开　本	850毫米×1168毫米　1/32
印　张	9
字　数	187千
版　次	2017年2月第1版　2017年2月第1次印刷
书　号	ISBN 978-7-5651-3077-9
定　价	28.00元
出 版 人	彭志斌

南京师大版图书若有印装问题请与销售商调换
版权所有　侵犯必究

也是为了纪念

这是一本十六万字的小书,收集了我这些年来写祖辈和父辈的一些文字。主意是宁文兄出的。

春节前接到宁文兄的一条微信,说他近日琢磨,找几个写自己父辈文字的朋友,辑成一套每人十万字左右的文丛,想来应该会有读者喜欢看,问我愿不愿意参加。我想,像我外公、爷爷和爸爸这样有所成就的人很多,撰写他们的专著和文章都不少,有些读者喜欢看看他们晚辈的回忆和纪念文章,大概是觉得比起外人的论著,家人的文字更真实、更亲切。于是我回微信给宁文兄,说这是个不错的主意,感谢他给了我这样好的机会。只是不知道我的这本小书,能不能给读者这样的满足。

我在爷爷身边生活了四十年,在爸爸身边生活了五十八年。和他们朝夕相处,他们身上的许多东西潜移默化地留在了我的身上,比我自觉地向他们学习的力量要强大很多。先是爷爷过世,后是爸爸过世,而后我退休了。直到退休以后我才开始比较认真地看他们的书,回想他们做过的那些事儿,回忆那些琐碎温馨的日子。都六十多岁了,我才发现,他们给我的不只是生命,还有已经融化在我的血液里,流露在生活中的一言一行。我对他们的爱和敬重因此变得更深。

记得爸爸在《父亲的希望》这本散文集的自序中写道:"直到父亲过世,我才突然感觉到失去了依傍——七十年来受到的关心和教育,从此中断了。父亲的关心和教育似乎是无形的,像空气一个样;我无时无刻不在呼吸,可是从没想到,自己生活在空气的海洋里。"这些年来我常常会想起爸爸的这句话,他的比喻实在是太妙了,这身处其中却全然不觉的感受,我和他一样。

在外公、爷爷和爸爸这三位长辈中,我没有见过外公,他在我出生的前一年就过世了。虽然没有受到过他老人家的当面教诲,却依然沐浴着他风范的熏陶。那是因为我的妈妈十六岁从夏家来到叶家,随她来到叶家的,还有外公外婆那质朴、真诚、善良的品质和性格。叶家接纳了我的妈妈,也接纳了夏家的家风。从爷爷到我们这一代,这个温馨和睦的大家庭,令爷爷的朋友,爸爸的朋友,我的朋友羡慕不已,其中融合着的是夏叶两家的"空气",我就是吸着这样的"空气"长大的。因此在这本小书里,本应该有写妈妈的文字,书名也应该是《外公、妈妈和爷爷、爸爸》,可惜的是我没有写过纪念妈妈的文章,一篇也没有。不是妈妈在我的心里没有外公、爷爷、爸爸那么重,那么亲近,只是不知道为什么,我几次写妈妈,最终都放下了笔,直到今天没有一篇成文。我想,这不应该,也不会是最终的结局。

认识宁文兄整整十二年了,十二年间我们只见过一面。

二〇〇四年的四月,宁文兄和蔡玉洗先生从南京来向爸爸约稿,我坐在一旁听他们谈话。当时爸爸正在赶着撰写爷爷的传记《父亲长长的一生》,身体衰弱、时间紧迫,抽不出时间来做这件事。我就在他的指导下帮他完成了编辑工作,用其中的一篇《为了纪念》做书名。在这期间从发稿到校对,编辑上的事情都是我在和宁文兄打交道。那时候还没有电子邮箱和微信,写信寄稿子全靠邮递往来。二〇〇七年四月,作为《开卷文丛》第三辑中的一本,精美庄重的《为了纪念》出版了,遗憾的是爸爸已经过世,这本书竟成了他逝世一周年的纪念。从那以后,宁文兄把我这个叶家的后人当成了书友,一期不落地给我寄《开卷》。作为回报,我会把自己写爷爷和爸爸的短文,通过电子邮箱发给他,每年总有一两篇登在《开卷》上。

十二年后,宁文兄向我约稿,初衷、内容和形式几乎和当时一样。我一边编辑着书稿一边想,这些文字也是为了纪念,只是书的作者已经从爸爸变成了我。由此我感慨时间的流逝,世事的变迁……

二〇一六年三月六日　深圳

目 录

也是为了纪念 / 1

外 公
我没有见过面的外公 / 3
《爱的教育》八十五年 / 12
《爱的教育》九十年 / 16

爷 爷
为照片写说明 / 23
爷爷和牵牛花 / 35
给孩子写儿歌 / 47
三十年和一千万份
　　——记爷爷参加《中国少年报》创刊三十周年
　　活动 / 62
黾勉以从事　罔敢任草草
　　——记爷爷写字之二三事 / 68
我儿时的一篇获奖作文 / 83
爷爷给我改文章 / 88

再读《爷爷给我改文章》/ 92

爷爷教我们写信 / 98

处处为别人着想的爷爷 / 103

爷爷赠给我们的诗 / 106

爷爷教我们做人做事 / 110

爷爷教我做老师 / 116

回得去的家风
  ——答搜狐网记者问 / 132

爷爷不该被忽略的那些方面
  ——纪念爷爷诞辰一百一十五周年 / 140

值得永远干下去的事业
  ——纪念爷爷从事出版工作九十周年 / 150

教育是"高尚"和"神圣"的事业
  ——纪念爷爷从教一百周年 / 156

做一块铺路的石子
  ——纪念爷爷诞辰一百二十周年 / 159

甪直是爷爷魂牵梦绕的第二个故乡
  ——纪念苏州叶圣陶实验小学成立一百一十周年 / 161

老课本获得了新生
  ——在中国青年出版社再版《开明国文课本》会上的发言 / 166

尊重孩子眼中的美好存在
  ——答《中国青年报》记者问 / 170

爷爷的儿童文学全集 / 175

我们为什么要整理出版《干校家书》／181
写给小读者
　——写在重新出版的《开明国语课本》前面
　　的话／187
《叶圣陶教育语录》序／190
中学时代为爷爷的一生开了个好头／193

爸　爸

爸爸教我做科普编辑／203
我们送走了爸爸／214
送爸爸回甪直／219
爸爸的祈求／225
我编父亲的序跋集／233
爸爸和他的《诗人的心》／240
爸爸：让我们分享你的骄傲和喜悦／245
《开卷》·爸爸·我／251
《为了纪念》序／257
《叶至善集》序／260
《父亲长长的一生》再版序／265
记父亲叶至善最后的那些日子／268

外 公

我没有见过面的外公

我没有见过我的外公夏丏尊,他在我出生的前一年就得肺病去世了。那时候抗日战争刚刚胜利,他那离别了八年的女儿阿满,刚刚跟着我的爷爷爸爸一家老小,从遥远的四川历尽千辛万苦回到上海,我妈妈阿满的肚子里怀着二哥大奎。外公终于见到了他朝思暮想的女儿和女婿,见到了他的挚友和亲家——我的爷爷叶圣陶。此后仅仅过了三个月,外公就带着无尽的忧国忧家的惆怅,离开了那个他不喜欢可又割舍不下的人世。

记不起是哪一年,我还小,一次在饭桌上吃饭,爷爷和爸爸照例喝着酒,不知怎么说起了外公,爷爷忽然泪流满面放声大哭,连声说:"好人!好人!"爸爸的眼圈也红了,只是没有哭出声。我被这个场面吓坏了惊呆了,一时间不知如何是好。我弄不明白是怎样的人和怎样的事让爷爷爸爸这样的悲伤,但当时的情景却深深地印在了我的心里。在我以后的记忆里,让爷爷这样大放悲声的,除了在谈起朱自清

我的外公夏丏尊

先生的时候,在周恩来总理去世的时候,似乎别无他人。

我是从书里看到一个质朴,真诚,善良,刚强,悲天悯人,忧国忧民的外公的。他在文化、教育、出版界辛勤工作的四十年,正是新中国诞生之前最黑暗的时期。他教书,他写作,他当编辑,他翻译外文图书,他终生都在为着心中那个美好、却又不知道能否实现的理想世界而奋斗着,直到临死都没有放弃。就是这样一位真诚执着的外公,凭着他的自学,凭着他对文学的热爱,凭着他要为人们特别是青年做点事的责任感,写了许多文,做了许多事,使他在中国文坛有着自己独立的位置。他写的《钢铁假山》《白马湖之冬》等散文,至今都会被选进中国现代散文精品集中。他和好友一起创办的,他着力最多,被他看作是亲生亲育亲手养大的《中学生》杂志,更是当时为数众多的、饥渴彷徨中的青少年蔼然可亲的朋友。而他流着泪翻译的小说《爱的教育》，更使千千万万的读者也流下了热泪，这本在当年就畅销的一版再版的书，至今仍有不少家出版社在出版，依然在感动着一代又一代有着孩子般纯洁善良的人们。

我还从别人嘴里听到过一些有关外公的故事，最为大家说起的，常常是那些在别人看来多少有些呆有些可笑，外公却执意要去做的事。比如，外公名铸，字勉旃，他为了避免当选他以为毫无意义的省议员，在选民册上把勉旃改为丐尊，好让写选票的人把丐字写成丐字，变成废票；比如，他不顾一切地自荐去兼当那个吃力不讨好的，相当于如今的教导主任的舍监，一干就是七八年，只是为了抵抗当时轻视舍监的风气；又比如，坐公共汽车，有的售票员收了钱不给票，在别人看来，只要让我下车，给不给票，钱进了谁的腰包，这跟我有什么相干，这事要是让外公碰上可就成了大事，他非得和售票员争得面红耳赤，要回他买的那张票不可。不是他不同情生活贫苦的售票员，只是他觉得人不能这样做，钱不能这样挣。对于外公来说，这样的故事还有很多，小时候初听时我不知道轻重，讲的人笑，我也笑，觉得这真是个倔犟憨直的老头儿。现在再回味，不知道为什么笑不出来了，有的只是肃然起敬，外公的可亲可爱就在这些故事中。

外公的天真有如赤子，外公的诚挚金石为开。他做人做文使他结交了许多和他志趣相投可以信赖的朋友，朱自清、马叙伦、丰子恺、鲁迅、王统照、茅盾、胡愈之——这些现在看来鼎鼎大名的人物，都是当时在文坛上与他一起向着黑暗势力冲杀的战友。在这些文化界的好友中，有比外公年轻几岁的,把他看作兄长,把他看作老师,无论外公在他们的心目中有着怎样的位置,有一点是相同的,那就是他们对外公的敬爱和尊重。在众多的朋友中,有三位从某种意义上来说多少有点儿与众不同。一位是在鲁迅著作中多次提到的内山完造先生,一位是如今被许多人看来颇带些传奇和神秘色彩的弘一法师,还有一位就是我的爷爷叶圣陶。

内山完造先生是日本人,一九一三年来到上海,一九一六年开了一家内山书店,为促进中日文化交流做了不少贡献。外公在日本读过一年书,会说日语,他常到内山书店去买书,喝茶,会友,和内山夫妇成了亲密的朋友。内山先生的一本名为《活中国的姿态》(鲁迅作序)的中文译本《一个日本人的中国观》,就是外公给他在开明书店出版的。这两位老人友情的深浅,我没有资格妄加评论,但我从家中长辈的口中知道一些令我感动的事情。一九四三年十二月,外公被日本宪兵司令部捉去,是内山先生多方奔走才营救出狱的。一九四四年底内山夫人病逝葬在上海,他请外公为他的夫人和自己的合葬墓题写了碑文。外公在墓碑上写的是:"以书肆为津梁,期文化之交互,生为中华友,殁作华中土,吁嗟乎,如此夫妇。"一九四六年四月,外公病重,在他去世的前四五天,内山先生作为正在等候遣送回国的日本侨民,外出极不方便,但他还是请了假来看外公。当时我的爸爸站在床旁,听不懂他们在说些什么,只是觉得气越来越短,一句话都要分成几截说的外公,见了内山先生一下子变得兴奋极了,话多极了,好像涌出来似的。二十三日夜间外公去世了。二十五日,内山先生又请准了假前来吊唁,他低着头默念着,似乎在和外公述说些什么。解放后,作为日本人民的友好使者，内山先生一次又一次来到中国。一九五九年，当他再次来到这片他眷恋的土地的时候突然生病去世，骨灰葬在了内山夫人的墓旁边，竟真的成全了外公为他写下的"生为中华友，殁作华中土"的心愿。

妈妈对我们说，外公最好的朋友就是弘一法师。我想妈妈这话大概是不会错的。而这位在佛教界颇受人们尊敬的弘一法师，把他和外公的友情看得有多重，这大概只有他自己才知道了。他在向别人介绍外公的时候直言说："我的出家大半由于这位夏居士的助缘。"外公听了这话一直为此深深地自责，他悔不该硬留去意已定的李叔同在杭州教书，悔不该介绍有关断食的文章给他读，悔不该对他说"这样做居士究竟不彻底，索性做了和尚算了"。依我这个俗人想来，外公之所以这样自责，是觉得佛门虽然神圣，但是毕竟清苦。让自己的好朋友去过那样清苦的日子，他于心不忍。可是弘一法师却从来不觉得什么苦，以为自己寻寻觅觅一生，终于在好友的帮助下找到了归宿，对外公始终怀着一颗感恩的心。弘一法师出家后和外公成了两个世界的人，但是他们依然保持着密切的交往，就是在弘一法师闭关拒绝会客中止通信期间，外公也能和他保持书信来往，知道他的消息。更令人感动的是，弘一法师在圆寂的前两天就写好了辞世书信，从福州寄给远在上海的外公与他诀别，而他们之间的君子之交和心灵之交有着怎样的渊源，是人们无论如何也无法了解与企及的。

外公和我的爷爷叶圣陶相识于立达学院，以后又一起在开明书店共事。一个有着绍兴人的率真倔犟，一个有着苏州人的温润坚强；一个是唯心的，一个是唯物的；一个对未来充满惆怅,一个对未来充满信心,两个性格和信仰很不相同的人,友谊却极好。我想这里面除了佛教里常提到的缘分外,还和他们彼此尊重,彼此欣赏,彼此信任,以及他们都具有正义感和责任心分不开。在爸爸妈妈结婚的时候,外公曾经写过四首贺诗。诗的头一句写道:夏叶从来文字侣。这里的夏说的是外公自己,这里的叶说的是我的爷爷叶圣陶。外公的这句心里话说出了他和爷爷那种绝非一般的友情。外公的朋友虽然多,但是能称之为文字侣的恐怕只有爷爷。他们俩从《文心》开始,又合著了《文章讲话》和《阅读与写作》等指导学生学语文学写作的书,合编了《开明国文讲义》《国文百八课》和《初中国文教本》等教科书。除此之外他们还一起编过杂志,写过许多文章,做过许多事情。其中《文心》要算是他们合作得最好的代表,且不说在这本书出版之后在读者中引起了多大的反响,再版过多少回,至今依然吸引着众多读者,只说爷爷在五十年后重读《文心》,竟分不清哪几节是外公写的,哪几节是自己写的这一点,就会让你觉得,两位老人该有着怎样的相知和默契,才会有如此的天衣无缝的合作。外公去世后,许多亲朋好友作文纪念他,在我读到的那么多的悼文和纪念文章里,我觉得爷爷的那篇《答丏翁》写得最好。当时身在上海孤岛的外公,终于盼来了抗日战争的胜利,但国民党的黑暗统治让人民又一次陷入困苦之中,使他再次陷入了极度的悲哀和失望。爷爷在文章中说:"去看丏翁,临走的时候,他凄苦地朝我说了如下的话:'胜利,到底啥人胜利——无从说起!'……听他这话的当时,我心里难过,似乎没有回答他什么……现在,我想补赎我的过失,假定他死而有知,我朝他说几句话。我说:胜利,当然属于爱自由爱和平的人民。这不是一个空洞的概念,不是一句喊滥了的口号,是事势所必然。人民要生活,要好好的生活,要物质上精神上都够得上标准的生活,非胜利不可。胜利不到手,非争取不可。争取复争取,最后胜利属于人民。……究竟是何年何月,固然不能断言,可是,知道他们不是真正的胜利者也就够了,悲愤之情不妨稍稍减轻,着力之处应该特别加重。你去世了,当然不劳你着力,请你永远休息吧。着力,有我们没有死的在。"爷爷的文章满怀着悲愤和力量,让人看了热泪横流又热血沸腾,恨不能即刻奋起,为亡者去砸烂那个旧世界。

熟悉外公的人在写到外公的时候,都会提到他的叹息声,在那沉重的长长的发自心底、听了让人揪心的叹息声里,有着老人无尽的忧虑和哀愁。丰子恺先生在写到外公的时候说:"凡熟识夏先生的人,没有一个不晓得夏先生是个多忧善愁的人。他看见世间的一切不快,不安,不真,不善,不美的状态,都要皱眉,叹气。……朋友中有人生病了,夏先生就皱着眉头替他担忧;有人失业了,夏先生又皱着眉头替他着急;有人吵架了,有人吃醉了,甚至朋友的太太要生产了,小孩子跌跤了……夏先生都要皱着眉头替他们忧愁。学校的问题,公司的问题,别人当作例行公事处理的,夏先生却当作自家的问题,真心地担忧。国家的事,世界的事,别人当作历史小说看的,在夏先生都是切身问题,真心地忧愁,皱眉,叹气。"丰先生对外公的这段描写,我看过许多遍,这几乎成了我心目中的外公。外公的忧太多了,愁太多了,他带着太多的忧愁走了,这或许就是让我爷爷在许多年之后想起他的这位老朋友的时候,仍禁不住大放悲声的原因之一吧。

爸爸是和我说起外公最多的人,也是我看到的写介绍和纪念外公文字最多的人。作为学生,似乎他无论如何也不能不把他的这位好老师介绍给大家,让大家知道他的作品和为人。作为女婿,他似乎有责任为我的妈妈写下那些令人难以忘怀的往事,留下来让人们回忆。爸爸的述说绘声绘色,他的文字清楚直白充满感情,从他的述说和文字里,我能想象外公的音容笑貌与为人处事,我能知道外公在我爸爸心目中的位置,我也因此更加敬重和热爱这位我从没见过的老人。

记得小时候我做过一个梦,梦见一位老人抱着我站在荒野中,荒野上高高的茅草直伸向远方,天上灰色的云压得低低的,风吹起了我的短发,吹起了老人的长衫。老人抱着我,却不看着我,眼睛直望着天际。我偎依着老人,把头靠在他的肩上,也没看着他,眼睛也直望着天际。醒来的时候我知道,梦里的那位老人,就是我在照片上看到的那个戴着眼镜的外公。这是我第一次,也是唯一一次和外公的亲密接触,我甚至感觉到了他的身体在温暖着我,可那不是在现实中,是在梦里。而那个似乎只有在电影和油画中才能看到的画面,却深深地印在了我的脑海里,让我每次碰到"外公"这两个字的时候,眼前就会显现出那幅灰色调的画面。只是我至今也不知道,外公为什么要把我带到一个我完全陌生的地方去,难道他真的是想要告诉我些什么吗?

说到外公自然就会想到妈妈。作为外公最最疼爱的女儿,尽管她十六岁就到了叶家,八年后回到外公身旁没多久外公就去世了,但她毕竟是夏丏尊的女儿,她的身上流着夏丏尊的血,天生就有着夏丏尊身上的许多品质和性格,比如善良,真诚,质朴……而在我刚刚会审视自己的时候我就认定,我身上的善良,真诚,质朴……这些最最好的品质,都是外公留给我的,因为我是妈妈的女儿,我的身上有外公的血。为此我深深地感谢我从没有见过面的外公。

二〇〇六年五月七日写

《爱的教育》八十五年

《爱的教育》是意大利作家亚米契斯的作品。上个世纪的二十年代,由我的外公夏丏尊先生把它翻译成中文,介绍给中国的读者。外公夏丏尊先生,生于一八八六年,一九四六年病逝于上海。这本《爱的教育》是他在一九二三年翻译的,那一年他三十八岁,到如今已经整整八十五年了。

外公在他的《译者序言》里说,他流着泪读完了《爱的教育》,又说自己是父亲又是教师,拿自己和小说里的父亲、老师相比,流下了惭愧的泪;书中写的亲子之爱,师生之情,朋友之谊,乡国之感,社会之同情,都已近于理想的世界,读着流下了感动的泪。他因此许下心愿,一定要把这本被认为是给儿童看的文学名著翻译出来,不只是介绍给儿童,更要介绍给和儿童有关的父母和教师,好让大家都流一些惭愧的泪,感动的泪。

外公是个多愁善感、悲天悯人、忧国忧民的人,他热爱孩子,热爱青少年,把帮助他们成长看成是自己的责任。朱自清先生曾说过,外公是一个始终献身于教育,献身于教育的理想的人。《爱的教育》让外公看到了他理想中的教育,他希望世间要如此才好。在这以后的八十五年里,岁月流逝,时代变换,读者更迭,《爱的教育》竟一版再版,受到我国读者的真心喜爱。这正是应了外公的企盼:人们都像他一样,喜爱和向往书中那理想中的教育,理想中的爱。这是最令人欣慰的。

今年,中国青年出版社准备再一次再版《爱的教育》。编辑们对原书做了认真的校订,为了方便现在青少年的阅读,很小心地改动了一些如今已经不用了的生疏的字眼儿;更可喜的是,他们找来了原书的插图,一幅幅地配在了这次再版的书里。这些插图都画得非常好,整幅的,画工精致高雅、一笔不苟,可以仔仔细细地欣赏;小幅的,笔触简约流畅,看上去尤为传神。阅读这本书的时候,看着这些插图,可以让我们了解和感受到那个时代,那个国家人们的生活,以及发生在他们中间的种种事情,起到了文字所替代不了的作用。

为了能够指导小读者更好地阅读这本书,编辑们还找来了我的爷爷叶圣陶先生在一九二四年写的一篇《〈爱的教育〉指导大概》,把它附在了整个故事的后面。在这篇文章中,爷爷向小读者们简略地介绍了意大利的历史,好让大家了解书里叙述的事情的背景;爷爷还介绍了这本书所写的内容,不惮其烦地列举了很多例子,教小读者怎样才能更好地阅读。如果在看过这个故事之后,再读读这篇阅读指导,相信对小读者理解书中的事情和感情,一定会有很大帮助。

我又读了一遍《爱的教育》,感觉依然是那样鲜活,那样感人。听编辑们说,这次再版得助于王久安先生的热心推荐。久安先生曾是上个世纪开明书店的老人,对我的外公和《爱的教育》有着非同一般人的感情。曾是上个世纪开明书店的老人,对我的外公和《爱的教育》有着非同一般人的感情。为了这次再版,编辑们所做的这些努力,为这本书增色不少。

作者亚米契斯在为这本书写的序中说:"此书特别奉献给九岁至十三岁的小学生们"。他还说,这是意大利一个四年级学生安利柯写的一学年的记事,他以自己的能力慢慢地记录在校内和校外的见闻。我很想借此对读这本书的小读者说几句话:看完这本书以后,如果你能学会像书的主人公那样,关注校内和校外发生的事情,能学会像书的主人公那样,仔细记录下你的见闻,一定会得到很多好处。常常听同学们说:写日记难,没有什么可记的;写作文难,不知道写些什么。看看安利柯的日记吧,他记录的都是发生在他身边的事儿:他的老师和同学们,他的父母和兄弟姐妹,他的街坊和邻居……正是这些平常的事儿,感动了我,也感动了你。虽然时代不同了,但是和安利柯一样,你的身边永远都有数不清的平常的事儿;安利柯经历过的很多事情,有过的很多感情,你一定也经历过,也有过,因为你和他一样,也是一个小学生。那么从读这本书的这一天开始,你就学安利柯,去关注你周围发生的一切,像安利柯那样,去记录那些发生在你身边的事情。当然,在你向安利柯学习的时候,一定要怀着像他那样的一颗真诚的、善良的、仁爱的心。这样做过之后,相信你所得到的收获之大,会是你意想不到的。

十五年前，我的父亲叶至善在中国工人出版社再版《爱的教育》时写过一篇序，题目是："《爱的教育》七十年"。在这本书开印之前，编辑们嘱我写几句话，我自知没有资格，还是没有推辞。为的是纪念我的外公夏丏尊先生，纪念《爱的教育》八十五年。

二〇一二年六月二十六日　深圳

《爱的教育》九十年

今年恰逢夏丏尊(一八八六——一九四六)先生翻译《爱的教育》九十周年,人民教育出版社的同志告诉我,要把这本书收入他们编的《汉译世界教育经典丛书》中去,这无疑是值得称道的。他们还说,因为夏先生是我的外公,希望我能为这本书写点什么。我想:早在《爱的教育》出版的时候,我的爷爷叶圣陶就写了一篇《〈爱的教育〉指导大概》,向小读者介绍了这本书的时代背景和主要内容,还举了很多书中的例子,帮助他们更好地阅读书中的内容。上个世纪的七八十年代,我的父亲叶至善,曾两次为不同出版社出版的《爱的教育》写过序。面对外公、爷爷和父亲这样的父辈,我满怀敬畏,在遇到一些事情的时候,常常会不知道应该如何面对。这次最终答应下来,是觉得如今的我还担负着一份传承的责任。我告诫自己,要老老实实地写,认认真真地写。

《爱的教育》是意大利作家亚米契斯用了十年时间为孩

子们写的一本小说。小说以四年级的小学生安利柯的日记形式,讲述了发生在他身边的各种各样的事情:他的父母和兄弟姐妹;他的老师和同学;他的街坊和邻居……书中的每一个故事看上去都那么平常,读起来却是那样的感人。小说用孩子的视角,向人们讲述着、传递着人类那些最淳朴、最本质的爱:对祖国、对家乡、对人民、对父母、对老师、对同学、对周围所有人的爱。

从网上知道,一八八六年,《爱的教育》在意大利面世,它的出版轰动一时,尤其受到意大利教育界的欢迎,在校的学生几乎人手一册,两个月就再版了四十多次。一百多年来,《爱的教育》被翻译成多种文字在世界各地发行,始终畅销不衰,一代又一代的孩子读着它成长,接受着爱的洗礼。《爱的教育》还多次被改编成了连环画、动画片和电影,这些受孩子欢迎的形式,使它在全世界的传播更加广泛,影响经久不衰。

《爱的教育》这本书的意大利文是 Coure,中文的意译是《真心》,也有人把它译成《爱的学校》和《一个意大利小学生的日记》,最终夏丏尊先生译的《爱的教育》,成为了它在中国被人们广泛认可的书名。

早在一九一〇年,由商务印书馆创办的《教育杂志》月刊,开始连载"天笑生"翻译的"教育小说"《馨儿就学记》,这是通俗小说家包天笑先生依据日文译本缩编和改写的,也是中国最早的《爱的教育》的译本。

一九二〇年,夏先生流着眼泪看完了日本三浦修吾先生的日文译本《爱的教育》,并因此联想到当时的教育。他在文章中写道:"学校教育到了现在,真空虚极了。单从外形的制度上、方法上,走马灯似的更变迎合,而于教育的生命的某物,从未闻有人培养顾及。好像掘池,有人说四方形好,有人又说圆形好,朝三暮四地改个不休,而于池的所以为池的要素的水,反无人注意。教育上的水是什么?就是情,就是爱。教育没有了情爱,就成了无水的池,任你四方形也罢,圆形也罢,总逃不了一个空虚。"

一九二三年,夏先生以纪念死去的妹妹为动力,勤勉地译完了《爱的教育》。他在书的序言里说,自己是父亲又是教师,拿自己和小说里的父亲、老师相比,流下了惭愧的泪;书中写的亲子之爱、师生之情、朋友之谊、乡国之感、社会之同情,都已近于理想的世界,读着流下了感动的泪,自己因此许下心愿,一定要把这本被认为是写给儿童看的世界名著翻译出来,不只是为了介绍给儿童,特别要介绍给与儿童有直接关系的父母和教师们,叫大家都流些惭愧或感动之泪。

一九二三年底,由夏先生翻译的《爱的教育》在胡愈之先生主事的《东方杂志》上连载。一九二六年,开明书店把它列入《世界少年文学丛刊》初版发行,封面和插图都是由他的好友丰子恺先生完成的。叶至善先生在一篇文章中回忆说,《爱的教育》的单行本一出版,就受到了教育界的重视和欢迎,可以说超过了任何一种《教育学》和《教育概论》,夏先生在教育界的声望和他对这部小说的推崇固然起了作用,还有个更重要的原因,当时有许多青年教师迫切要求冲破封建主义教育的束缚,而这部小说正好给他们提供了可以效仿的模型,好些中学小学把《爱的教育》定为学生必读的课外书,好些老师认真按照小说中写的来教育自己的学生。不少人回忆说,在新中国成立前,《爱的教育》在中国像在世界其他各国一样,受到了广大读者的欢迎,先后再版了三十多次。

一九五一年四月,开明书店又印了一版《爱的教育》,而后停印了三十年,直到上个世纪的八十年代初,上海书店出版"五四"前后的文学名著和译著,《爱的教育》才重新回到了喜爱它的人们中间,第一次就印了五万册。我从一些文章中得知,在之后的三十多年里,又有几位译者翻译了《爱的教育》,有的文字更通俗,更接近现代的口语;有的用意大利原文作为译本,体现了意大利的语言风格,总之都各有可取之处,但是许多出版社仍然怀念夏先生译的《爱的教育》。于是由夏先生译的,由不同出版社出版的《爱的教育》,出了一种又一种,版本之多,数量之大,都远远超出了新中国成立前。这一方面说明,《爱的教育》确实是一本深受读者欢迎的书;一方面也反映了把《爱的教育》介绍到中国来的夏先生,与这本书有着非同一般的缘分,以至于在一些人中间,说到《爱的教育》,就会想起夏丏尊,说到夏丏尊,就会想起《爱的教育》。

每次提到《爱的教育》,总会让我感到非常遗憾,因为我没有见过把它介绍到中国来的外公。在我出生的前一年,外公就病逝了。我从老一辈人们的口中和文字里寻找外公,知道他是一个质朴、真诚、善良、刚强、多愁善感、悲天悯人、忧国忧民的人。他在文化、教育、出版界辛勤工作的四十年,正是新中国诞生前最黑暗的时期。他写作、他教书、他当编辑,他翻译外文图书,一辈子都在为心中那个美好,却又不知道能否实现的理想世界而奋斗着,直到生命的最后一刻都没有放弃。我常常会循着文字里写的那些故事,那些生动具体的描述,去想象外公的音容笑貌,心中充满了对老人家的爱与敬重。

《爱的教育》问世中国九十年了,这确实是一件值得纪念的事情。夏先生在翻译这本书的时候,一定料想不到它会流传至今。让人更感欣慰的是,正如夏先生期望的那样,它的读者不只是孩子,更多的是父母和教师,像夏先生一样,不少人读着它的时候,流下了感动的泪。我又想,不知道有没有人统计过,在中国,还有哪一本外国的儿童文学读物,能像《爱的教育》流传得这样广泛,这样久远。九十年,对于一个人来讲,已经进入了耄耋之年,可是《爱的教育》就像爱的精灵,依然活跃在一代又一代的孩子们中间,并将永远陪伴着他们。

二〇一三年十月十六日　深圳

爷 爷

为照片写说明

去朋友家做客聊家常,临近吃午饭时她站起身,从书柜里给我拿出几本相册,说:"你慢慢看着,我去做点儿吃的。"说完她到厨房忙去了。我翻开相册很有兴味地看起来,可没看两张就大叫:"喂,过来一下,告诉我这是谁?"她放下刚拿起的鸡蛋来到我面前:"这是我妈,年轻时漂亮吧?"说完转身走了。"喂,过来一下,告诉我这是在哪儿?"她放下还没切的香肠来到我面前:"这是我在荷兰时去德国旅游,那里的山村可比城市美。"说完忙转身,可还没等她走到厨房,我就又叫起来了。最后她不得不在我的身边坐下来,一张一张地为我讲解,照片上是谁,是什么时候,是在什么地方,是在什么情况下拍的。等我看完照片,吃饭的时间早就过了,肚子饿得咕咕叫,我们只好去吃麦当劳,她原本想为我好好露一手她的厨艺的计划完全落空。可我心满意足,因为从这些相片里,我差不多看到了她的一生,知道了不少与她相关的人和事。

这件事叫我想起了爷爷。同是看相册，如果是看爷爷的相册，看的人身边就用不着有一个解说员。因为爷爷为每幅照片都写了说明，详尽地交待了有关这幅照片的相关内容。凡是看照片的人想要知道的，爷爷的说明中大都写清楚了。爷爷喜欢照相，还喜欢给照片写说明。在他的日记里可以看到他贴在那上边的照片，照片旁边都写着有关的文字。日记不是相册，贴在上面的照片也很少，但是可以看得出来，从那个时候开始，爷爷就为照片写说明了。日记是写给自己看的，他这样做或许是为了记录，以便日后查阅吧，我这样猜想。

"文革"期间，哥哥三午迷上了照相。他买了一台二手的蔡司，还买了全套的洗印设备，在家里开起了"照相馆"，全家人都是他的模特，爷爷成了最好的一个。32张一卷的黑白胶卷，当天照完当天洗出，这是爷爷最喜欢的速度。照片洗好后，爷爷常常是第一个欣赏者，不仅如此，他还买来直尺，带上薄薄的白手套，拿他用废了的剃须刀片，给三午做起了义务裁边员。爷爷把洗好了的照片四周的那些毛边和他认为画面上多余的部分去掉，然后找来厚重的书，把这些还打卷的照片压平，所有这一切都像他做其他事情一样，干得仔细又认真。

爷爷早就想整理自己的那些老照片了，只是苦于没有空闲。在"文革"的那段日子里，爷爷终于有了大把的时间，他开始了自己的整理照片的工程。说它是工程并不过分，因为爷爷是一个认真的人，他这一干就不可收拾，不光为自己做了不下十本的相册，还为爸爸妈妈、哥哥三午、嫂子兀真、弟弟永和、侄女佳佳和阿牛分别做了一本。那时候我在黑龙江生产建设兵团当农业工人,和爷爷在一起的时间不多,没机会请爷爷为我也做一本,这不能不算是一个很大的遗憾。

爷爷做的相册和我们平常看到的可不一样,尤其是他自己的那些相册。爷爷把可以找到的老相册都找来,把上面的照片拿了下来,大致按年代重新排列,一本一本地贴下去。这还不算,他几乎为每幅照片都写了说明,说明的文字用毛笔正楷写在宣纸条上。这些宣纸条是他为别人写字时裁下来的纸边。他根据照片的大小和文字的多少,把它们分别裁成大小不一的纸条,写上说明后,用糨糊把它贴在这幅照片的旁边。说明里包含着新闻四要素:时间、地点、人物、事件。如果你看爷爷的相册,你想知道的全在里面,用不着再去问别人了。我手头上有新近出的《叶圣陶叶至善干校家书》,不妨从书中捡出几条,爷爷为爸爸从干校寄回来的照片写的说明来读读:

> 一九六九年四月十三日游动物园,宁宁所摄。天气渐渐暖和,柳条上已经有新绿。过两天,至善动身前往河南潢川,入团中央"五七"干校。

一看这段文字,就知道照片是在北京动物园拍的,照片上的爷爷和爸爸站在湖边。

> 至善与牛
> 至善在潢川,至今已历十九个月,绝大部分时间在养牛组工作。照护,牧放,饲养,以及牛的习性诸端,几

乎在每一封来信中谈及,辑集起来,该有好几万字了。这八张是近时所摄,让我见到具体形象。

一九七〇年十一月十三日记

看了这段文字,清楚得就是不看照片,也能想见那八幅照片上,爸爸和牛在一起时的情景了。

  至善在潢川干校,除旁的劳动外,参加养牛组的时间最多,已经有十多个月。草屋是他的宿舍,床铺就在门内左方。下方一张,他自己说"为拍照而拍照"不足取。

一九七〇年八月六日记

在这张照片上,父亲站在他住的草屋前,草屋的墙上写着:一不怕苦,二不怕死。爷爷在说明里只写了床铺在门内左方,并没有写墙上的字,这是因为看照片的人看不到床铺,看得到字。

  至善与看牛组的同志在那里搭牛棚。站高的是至善。把一辆大车竖起来,上边加个凳子,就站在高头。至善在寄回来的信里说,这有点儿像杂技表演。

一九七一年八月八日记

看这段文字你就能猜想得到,照片上别的都一目了然,只是画面上人小,又是几个人在一起干活,所以爷爷特别交代了,站得最高的那个人是爸爸。

访潢川

(满子)参加家属代表小组,到河南潢川团中央"五七"干校学习、参观、慰问。六月一日动身,二十六日回家。全校各连都到过看过,在校的学员可没有见识的这样周全。又碰上相当大的洪水,身在防洪、抢险、移徙、护卫的英勇热烈的伟大场面之中,尤其有深切的感受。可惜没有这些场面的照片。

这段文字放在妈妈去潢川访问时拍摄的一组照片的前面。除了这个总说明,爷爷还为其中有必要交代情节的照片特别给予注明。我还记得,爷爷为一张爸爸妈妈走在干校新修的路上的照片起了个相当响亮的说明:"我们走在大路上"。

看了上面的这几段照片说明,相信爷爷为看照片人所做的细致周到的服务,足以让人感叹。这就是爷爷,这就是爷爷一生都在提倡和实践的:为别人着想。

"为别人着想"是爷爷做一切事的宗旨,就连为照片写说明这种在别人看来不值得如此认真的小事,他也会像他对待其他一切事情那样去做。这在爷爷已经是一种习惯了,这个习惯贯穿在他生命的始终。

这里我提到的爷爷为照片写说明,就是他在为那些想翻开相册的人着想。这些相册在日后爸爸他们编辑《叶圣陶集》,和爸爸写《父亲长长的一生》的时候,都帮了他的大忙。他从这些照片和照片说明中找线索、找依据,还根据这些照片,为每一册书配照片写说明,这确实是十分难得和珍贵的史料。如果不是爷爷的记录,那些照片上的人和事,又有谁能说得清呢。爷爷当初大概不会想到，他留下的这些相册实在是宝贝。至于爷爷为儿孙们做的那些相册，只要儿孙们提供了有关的照片资料，或者他知道有关的一些情况，他也都是这样做的。

我看到的早年的图书上，一般只有为书配的插图而没有照片。比如爷爷在一九二三年出版的童话集《稻草人》，就是由许敦谷先生为他配的插图。童话当然用不着配照片，可是有很多书，尤其是科学和科普的书，配照片和不配照片效果可就大不一样了，许多情形是用多少文字也描写不清楚的。我看的书很少，不知道从什么时候开始，我国的印刷技术就可以为图书配上相关的照片了。

我手上有一本一九五〇年由我爸爸和姑姑编译的，有关天文学的科普书《日月星辰》，那上面已经有少量的有关星球的照片了，尽管印得不太清晰，可是照片对太空的真实再现，不是用文字可以替代得了的。照片以它的新闻性，它的真实，它的直观，它的记录，以及无法用文字描摹的震撼力，在后来的报纸和图书上，越来越受到人们的重视。在媒体的传播中，照片和文字成了两个并行的、相辅相成的、不可或缺的重要组成部分。很多有关历史和人物的图书，更是少不了要用照片来帮助读者解读书中所讲到的那些事和人。因此一本有照片的书，编得好或不好，也能看出这个编辑会不会运用照片。我在这里写这些话，好像有点儿走题了，其实我只是想强调一下照片对于图书的重要，好引出接下来的话题：爸爸是怎么为图书配照片和为所配的照片写说明的。

我没听爸爸和我讲过照片对于一本图书有多重要，可是我知道他很重视这项工作。二〇〇〇年,汪家明先生为爸爸出版了他的散文集《舒适的旧梦》。在这之后他给家明同志写过一封信,希望他能为爷爷早些年出版的《小记十篇》做一个图文本。他给家明同志的信我没有看到,意思大概是说,现在照相和排版印刷技术都提高了,使为书配上好的照片成为了可能,如果为这本写风景的散文集配上照片,可以给读者以身临其境的感受。爸爸之所以希望家明先生能做这件事,是因为他所在的出版社是山东画报出版社。后来家明同志调到三联书店工作了,爸爸的愿望最终没能实现。

除此以外我还知道,爸爸对很多图书中所配的照片说明感到不满。他曾经指着一本书上的照片对我说:"你看,这也叫照片说明?某某某,谁在左,谁在右,读者真正想知道的,上面一点儿也没有交代清楚。"可以听得出来,爸爸把为图书配照片和给这些照片写说明,看成是编辑在编这本书时不可忽略的一个部分。对那些随便拿几张照片就放上去,不把照片放在和书中内容有关的章节中,或者说明写得不清不楚马马虎虎的编辑,爸爸只有摇头,不知该说些什么才好。

爸爸如此重视为图书配照片和给所配的照片写说明,他自己又是怎么做的呢?就拿他编的《叶圣陶集》二十六卷本来举例吧。这套书的每一卷前面都配了至少四幅和本集相关的照片,用的是胶版纸黑白照,这样算下来,二十六卷本一共用了大约一百多幅照片。为了让读者能了解和照片相关的内容,爸爸为每幅照片都写了说明,短的几十字,长的近两百字。如果别的不算,光就照片说明这一项来说,爸爸为此写了一万多字。下面让我们也来选几段读读：

甪直苏州五高全体教员

一九一七年初，作者被老同学王伯祥、吴宾若两位说动，去水乡甪直，于苏州第五高等学校试行基础教育改革。初夏，全体教员在校后鲁望祠花园里摄了这幅合影。

从照片上看，作者坐在左首第二。王伯祥站在他身旁靠前，也穿的马褂。站在中间挺丰满的是吴宾若，他担任校长。

其余七位，从左首往右数，是殷康伯、孙鑑平、朱韫石、沈君宜、徐毓才、董志尧、陈詠霓。

"伊和他"

一九二〇年春天，五高开恳亲会，请学生家长检查教学成绩，观看文娱体育表现。胡墨林把宝贝儿子也抱去了，在操场上拍了这张照片。后面的屋脊是当年的保圣寺。

在作者早年小说、散文和诗歌中，这母子俩经常出现，有时当配角，有时竟成了主角，如小说《伊和他》《地动》，如新诗《成功的喜悦》《拜菩萨》。

给甪直小学的祝辞

这次到甪直，"感觉特别亲切"，作者说的绝非虚话。是在这儿做了教育改革的试验，他才奠定了终身服务于教育的志趣；是在这儿接触到了真正的种田人，他才有可能及时在作品中反映农村的凋敝和农民的困苦;也是在这儿,在这个偏僻的水乡,借助于书报和信函,他热衷地参与了鼓吹民主和科学的五四运动。

父亲和母亲

都是小学教员,一九一九年仲春摄于甪直。父亲髭须很浓,头发很长,因为祖父逝世未满一周年,按当时风俗不得理发;母亲也穿得素。

父亲的吩咐

摄于父亲过世前约半年。父亲听我念了一封不相识者的来信,吩咐我如何逐条作答。

我不再选了,从这几条说明中就可以看出,爸爸是怎么去做这件事的了。如果我没有记错,爷爷生前好像没有为书配过照片,当然也就没有为书写过照片说明。可是后来爸爸这么做,应该还是受到了爷爷的影响和启发。他不会仅仅是因为看到了爷爷相册上的那些说明,更是因为爷爷一贯提倡的"为别人着想",用在这里就是为读者着想了。我不知道爸爸的良苦用心是否得到了读者的认可,对于我来说,他的做法成了我学习的榜样。

前些时候为爸爸编一本他的序跋集,出版社希望能在书中配上二三十张照片。我按照爸爸的样子,选了和这本书有关的照片,还给每一张照片写了说明。找照片,查相关的资料,写文字,也忙了好几天呢。正是在做这件事的时候,我想到了上面的那些,不禁想写出来和大伙儿说说。在

这里我也想把自己写的照片说明放上几节,让大家挑挑眼。

《稻草人》重印后记

这是一九二三年十一月由上海商务印书馆出版的《稻草人》,是"文学研究会丛书"中的一本,署名叶绍钧。是我国第一本童话集。那一年叶圣陶先生二十九岁。后来《稻草人》不断再版,直到新中国成立后的今天,仍有不同版本和由不同篇目集成的《稻草人》在出版。新中国成立后的重新与小读者见面的叶圣陶先生的童话,凡经过他本人和至善先生之手的,没有不是经过认真修改的。这里的另外两张照片,分别由新中国成立前的开明书店和新中国成立后的中国少年儿童出版社出版。

《父亲长长的一生》序

这是叶至善先生的最后一本著作,也是他最重要的代表作。他从八十五岁开始,以每天一千字的速度,花了一年半的时间,写完了这本三十四万字的传记。文中至善先生用散文式的笔法,记录了父亲叶圣陶先生的一生。书中倾注了他对父亲那种绝非一般父子关系中的父子、师生、同事、朋友间的深厚感情,也为人们了解和研究叶圣陶留下了翔实的材料。

《花萼和三叶》重印后记

一九七八年叶至善先生三兄妹和父亲叶圣陶先生的合影。那一年圣陶先生八十四岁,刚刚大病初愈。至善、至美、至诚分别为六十、五十七、五十四岁。当年十几二十岁,围坐在父亲身边,看父亲为他们改习作的少年,如今也都是年过半百的老人了,只是当年父亲和子女之间的那种"融融泄泄的空气",依然可以从照片上显现出来。

《未必佳集》自序

这是继《花萼与三叶》之后叶家至善、至美、至诚三兄妹出的又一本散文集。三联书店建议把三十多年过后,三兄妹他们互相鼓励,重新练习写作后的习作选编出版。他们想:这也好,可以让师友和同志们看看,过了将近四十年,他们有没有长进,于是就同意了。书名《未必佳集》是至善先生起的。他说,这三个字可以提醒他们兄妹永不自满。

叶至善在工作中

叶至善先生在家中的卧室兼书房里工作时的照片,是他一年四季工作时的常态。

照片摄于一九九三年,当时至善先生正在整理父亲叶圣陶先生的日记。所以他在为这张照片写的说明中写道:我并非抄书,抄的是父亲在出版总署工作期间的日记。爸爸左手边放着的发黄了的本子,就是圣陶先生的日记本。

父子二人步入人民大会堂

一九七八年二月二十四日,第五届全国政治协商大会在北京召开。这次会议是"文化大革命"后召开的第一次全国政协会议。作为代表的叶圣陶先生和叶至善先生父子二人,一同步入人民大会堂,脸上洋溢着对国家的兴旺充满期望的笑容。不知是哪位有心的记者,抓住了这个具有新闻性的镜头把它拍了下来,使我们有机会看到这个珍贵的瞬间。

我不是出版方面的专家,关于"为照片写说明"这个话题,我说得未免太多了,就此打住吧。

二〇〇八年三月十日于深圳

爷爷和牵牛花

爷爷写过一篇题为《牵牛花》的散文。二〇〇二年,爸爸在为爷爷和贾祖璋先生的通信集《涸辙旧简》写的前言中说:

> 父亲和祖璋先生的通信集中,常常谈到牵牛花。一般新文学作品选本中常见的那篇《牵牛花》,是我父亲在一九三一年发表的,至今还受到选家们的青睐,想来还是"修辞立其诚"的功效,事是真事,情是真情,不打妄语。在这本通信集中,父亲仍保持着旧时的风格。

最近,我听说有家出版社要出爷爷的散文集,书名定为《牵牛花》,于是就把爷爷的这篇散文找出来重读了一遍。

这篇《牵牛花》发在一九三一年九月《北斗》的创刊号上。从商金林先生编的《叶圣陶年谱长编》里看到,《北斗》是"左联"的机关刊物,由丁玲任主编。这篇散文也许是爷爷应丁玲同志之邀,专门为《北斗》的创刊号写的吧,我这样猜想。

爷爷当年住在上海,在一九二三年《没有秋虫的地方》那篇散文里,爷爷在文章的开头写道:"阶前看不见一茎绿草,窗外望不见一只蝴蝶,谁说是鹁鸽箱里的生活,鹁鸽未必这样枯燥无味呢。秋天来了,记忆就轻轻提示道:'凄凄切切的秋虫又要响起来了。'可是一点影响也没有,……无论你靠着枕头听,凭着窗沿听,甚至贴着墙角听,总听不到一丝秋虫的声息。……乃是这里根本没有秋虫。啊,不容留秋虫的地方!秋虫所不屑居留的地方。……"在文章的最后爷爷写道:"井底似的庭院,铅色的水门汀地,秋虫早已避去唯恐不速了。而我们没有它们的翅膀与大腿,不能飞又不能跳,还是死守在这里。想到'井底'与'铅色',觉象征的意味丰富极了。"

我很喜欢爷爷的这篇散文,看过好多遍。尽管我一直觉得这字里行间似乎在隐喻着些什么,可是我不敢妄猜。爷爷对于上海没有寸土的,井底似的庭院,铅色的水门汀地的厌恶,我却有着深深的同情,好像能体会到爷爷那种远离世间万物,却一心向往着大自然的感觉。

听爸爸说,爷爷自幼喜爱动手种植花草,这在爷爷一九三一年写的《牵牛花》这篇散文中,就得到了印证。爷爷硬是在那个没有寸土的,铅色的水门汀地的天井里,为自己营造了一片绿色的天地。文章的开头爷爷写道:"手种牵牛花,接连有三四年了。水门汀地没法下种,种在十来个瓦盆里。……瓦盆排列在墙脚,从墙头垂下十条麻线,每两条距离七八寸,让牵牛的藤蔓缠绕上去。这是今年的新计划,往年是把瓦盆摆在三尺光景高的木架子上的。……今年从墙脚爬起,沿墙多了三尺光景的路程……这就将有一垛完全是叶和花的墙。"

比照前面那篇文章里未免显得有些孤寂的爷爷,这短短的开头,是不是会让你和他一样,对那充满生机的"叶和花的墙"满怀着盼望,是不是会让你和他一样,忘掉这里是井底似的庭院,铅色的水门汀地的上海。这就是一生热爱自然、热爱花草的爷爷:即使是在荒漠中,也要开辟出一片充满生机和希望的绿。

一九四九年,爷爷和一批文化人应共产党邀请来到北京,共同参与建设新中国,我就跟着爸爸妈妈从上海来到北京和爷爷相聚。听妈妈说,当时幼小的我,上下八条71号庭院里的那些台阶,还要用双手来帮忙。我对于北京四合院的亲近和熟悉,就是从爬台阶的那天开始的吧。依我现在想,爷爷当时一定非常欣喜。不光是新中国的成立叫他兴奋,就是这个说大不大,说小不小的方方正正的院子,和院子里对称种着的两棵海棠,一棵丁香,一棵黑枣,也会让他宽宽地舒上一口气。他终于又可以和花草亲近,听秋虫鸣唱了。

爷爷喜欢花草。在我的印象里,住进八条以后,从初春到深秋,院子里就没有断过花。别说是夹竹桃、百合、茉莉、萱草、玉簪、石榴、月季、绣球、鸡冠花、爬墙虎……这些常见的花儿,就是牡丹、荷花、郁金香、昙花、文殊兰、龟背竹、君子兰、棕竹……这些当年比较名贵的花儿,也都是我住在八条的这几十年里相继认识的。关于爷爷和花草,真就有说不完的往事,这儿我只说爷爷和牵牛花。

八条的花品种固然不少,种得最多的,时间最长久的要数牵牛花了。五六十年代的那三年困难时期,八条院子里的方砖全被刨开,松土种上了蔬菜,以解蔬菜供应的不足,没有了种牵牛花的地方。除了那几年,家里年年都不会忘记种牵牛花。有几盆盆栽的,更多的种在花池里。牵牛花好养活,不只是在八条,几乎街坊四邻,同学家里,就是在胡同里,也有人家在大门旁种上几棵牵牛花,因此我从来就没有特别留意过它。只是到了花开的时候,一定会采两朵拿在手里玩,薄薄的喇叭形花冠很容易破碎,破碎了就再采一朵,从不在意。最开心的是在上午十点过后,花谢了,喇叭口紧紧地收在了一起。从花托上拽下花来,把花底下的小口放进嘴里,轻轻地吸一下,就会有一点点甜甜的水流到嘴里,然后再对着小口吹口气,只为听牵牛花那薄薄的壁破裂时发出的"噗"的一声。我干这些事儿,从来不敢当着爷爷的面,我知道让爷爷看见了的后果会是什么。

我不留意牵牛花,却常常会看见爷爷在牵牛花前驻足,从牵牛花发芽长叶开始,一直到它攀藤开花,几乎天天如此,年年如此。爷爷在看什么呢?小时候的我当然不会明白,如今看爷爷的那篇《牵牛花》多少可以懂得一点儿。爷爷在文中写道:

> 但兴趣并不专在看花,种了这小东西,庭中就成为系人心情的所在,早上才起,工毕回来,不觉总要在那里小立一会儿。那藤蔓缠着麻线卷上去,嫩绿的头看似静止的,并不动弹;实际却无时不回旋向上,在先朝这边,停一歇再看,它便朝那边了。前一晚只是绿豆般

大一粒嫩头,早起看时,便已透出二三寸长的新条,缀一两张长满细白绒毛的小叶子,叶柄处是仅能辨认形状的小花蕾,而末梢又有了绿豆般大一粒嫩头。有时认着墙上的斑驳痕想,明天未必便爬到那里吧;但出乎意外,明晨竟爬到了斑驳痕之上;好努力的一夜工夫!"生之力"不可得见;在这样小立静观的当儿,却默契了"生之力"了。渐渐地,浑忘意想,复何言说,只呆对着这一墙绿叶。

原来爷爷是这样种花和赏花的。爷爷种花原不是为了写文,可是没有这样细心地观察,用心地体会,也就不会有这篇《牵牛花》了!只是爷爷的这篇题为《牵牛花》的散文,偏偏没有写到牵牛花开。文章的结尾只一句:"即使没有花,兴趣未尝短少;何况他日花开,将比往年盛大呢。"说花不写花,是爷爷在交稿子的时候牵牛花还没有开呢,还是他故意在吊读者的胃口呢,我猜不透。

不过爷爷的那段关于看花的描写,仿佛让我又看到了他在八条的那些年里,在院子里独自在花前徘徊的样子。爷爷从心里喜欢花,看什么花都是这样细心,这样用心。而情景就像他自己说的,"早上才起,工毕回来,不觉总要在那里小立一会儿";"在这样小立静观的当儿,却默契了'生之力'了";"渐渐地,浑忘意想,复何言说,只呆对着这一墙绿叶"。

牵牛花年年种,爷爷种得最起劲儿的要数"文化大革命"那几年。因为那几年里他什么工作也没有了,真的有闲心种花了,院子里的花木虽然不少,可是他依然对牵牛花情有独钟。大家知道爷爷喜欢牵牛花,凡看到好的品种就会想办法帮他搞到种子,一时间八条的牵牛花竟不下七八种,颜色有白的、浅粉的、粉红的、紫红的、紫的、浅蓝的、深蓝的;开的花小的如小碗口,大的如大碗口;有的花镶着一条细细的白边,有的花纯单一色;有的花全部张开来,紧绷绷的,有的花就是开得最大的时候也有褶皱,就像是复瓣的。我最喜欢的就是有大碗口大小,开得最大的时候也有褶皱的这种牵牛花,它的花是淡粉色的,薄得像纱,摘下一朵,拿着花柄倒过来轻轻地旋转一下,你会觉得那就是舞者的裙,真的好看极了。七八月间,晨起,几十朵大小不同、色彩缤纷的牵牛花开了,向着主人尽显它们的妖艳和娇美,就是再不关乎花草的人走到这里,也禁不住要停下脚步流连片刻,享受这勃勃的朝气和天成的美丽。这该是爷爷这个种花人得到的又一层欣喜吧。

爷爷不光自己种牵牛花,还把收得的种子寄给同样喜欢花的朋友,在来往的信中交流种牵牛花的乐趣。其中最多的有两位:一位是家住北京,小时候就是好朋友的俞平伯先生;一位是因"文革"迁往福建的开明老同事贾祖璋先生。我知道三位老人在信中关于牵牛花的话题,都留在了爸爸晚年编的两本通信集里了,就把书拿出来,专把他们提到牵牛花的那些地方重读了一遍。

在爷爷和俞平伯先生的那本名为《暮年上娱》(1974—1985)的通信集里,来往的信件有八百余封。开头的几封里全都提到了牵牛花,有趣的是,这竟是源于俞先生得到了几颗据说是梅兰芳先生家的牵牛花的种子。我就捡信中有关的文字选一些摘在这里,供大家了解这两位老人对于牵牛花的偏爱。

爷爷和他的好友俞平伯在一起看书画

一九七四年六月二十八日,爷爷给俞先生的信中说:"谈及种花草,忽忆前承告知,某友处可得出自梅氏之牵牛花种子。未识能为致二三颗否？如可致,希纳于信封中惠我。"

第二天六月三十日俞先生回信说:"牵牛花子,前者沪友陈君分惠少许。寓楼窄小,只试种三颗,馀均被亲友索去,须俟今秋收子后方能再有。如有佳品当选择奉上。今命外孙韦奈先呈上已出芽之一小颗,以供清玩。"

就在六月三十日当天,爷爷给俞先生的信中说:"前日投书,今夕即获其所愿,韦奈君颁到牵牛新苗,欣感难以言宣。弟以为今秋试种诸家可各叙其花之形态颜色,有殊异者,互相交换,则明秋并多新赏矣。"

七月二日，俞先生给爷爷的信中说："前呈牵牛小颗，于初培时弟等适去津，经管不甚得法，故主枝纤瘦，他日成长，未知能酬雅赍否。陈君前赠之花子，本搁在抽屉内，分贻已讫。却忆曾失落一颗，顷细加搜索，竟获得之，急以奉呈。宜浅植，初种未出时多浇水。虽时稍晚，在高斋栽培得宜，萌芽可望也。"

七月三日，爷爷给俞先生的信中说："开缄知又承贶牵牛种子一颗，喜不可支。当即浸于水中，明日令入土。时间犹及，越一月有馀当能开花。前惠之一株已有五叶，亦不甚瘦弱。皆拟与原有者分开，俾他日收种子不致相混。一株可得百朵花，则种子将数百颗矣。"

七月二十五日，俞先生给爷爷的信中说："花子在弟处者，发绿叶甚茂，尚未见花。顷得读吾兄前作《牵牛花》文，描写如其花如云'即使没有花，兴趣未尝短少'，殆可为我解嘲欤。分在天津小儿处者已开紫红花一朵云。"

七月二十五日，爷爷给俞先生的信中说："承贶已发叶之牵牛一株，其五张叶子以次黄萎，生机已绝。花草移栽往往如是（以易伤其根）。……种子一颗下种之后，越七日而萌发，至今二周，子叶而外长三叶，似不坏，然知其必能开花。甚盼其花有异于寻常品种也。"

八月十三日，俞先生给爷爷的信中说："牵牛繁开已达百七十馀朵，惜只一种颜色。小儿处闻有蓝色白边者，他日若收子，当以分赠。"

十月二十日，爷爷给俞先生的信中说："兄惠我之牵牛种子种于盆中，越七十日始开花，其花与敝寓旧有之一种同，紫色白边，以植于盆，花视缘线爬上墙与树者为小。"

在爷爷和俞先生的信中,关于牵牛花的话题,从种下种子到开花,差不多是一个完整的周期了。而爷爷从俞先生那里讨得梅兰芳先生家的牵牛花种,从种下就期盼着能有与众不同的收获,最终得到的却是和家中一样的牵牛花的这段小插曲,也由此告一段落。看着爷爷的信,就是我这个局外人,心中对于新鲜的追求、企盼直到失落,也随着爷爷的心境起伏,是他老人家的执着浸染了我吧。

可以多说两句的是,信中还有一首俞先生写给爷爷的有关牵牛花的诗:

> 秋晨开缄喜怦来,
> 道似银球往复回。
> 赠我绯华多惓惓,
> 惭将小草伴伊开。

诗里有不少生僻的字,我也是这次查了字典才认识,才知道其中的意思的。只是这里还是想对其中的"银球"二字做点儿解释。爷爷把他和俞先生你来我往的通信,笑喻为"打乒乓球",于是诗中就有了"银球"二字。还有令我不能忘记的是,俞先生曾不止一次地把他亲手压制的盛开的牵牛花干花寄给爷爷,爷爷珍惜地把干花贴在当天的日记里。

现在想想,爸爸当年给爷爷和俞先生的通信集起名为《暮年上娱》,真是再贴切不过了,而这其中种牵牛花,交流种牵牛花的乐趣,也是两位老人暮年的上娱之一吧。从中还可以知道,当年喜爱牵牛花的文人,决不止爷爷和俞先生。

就牵牛花这个话题,说了俞平伯先生,就不能不说说贾祖璋先生了。一九二三年贾先生和爷爷同在商务印书馆工作。后来爷爷和贾先生,都到了老朋友多的开明书店做编辑。贾先生是学生物的,《中学生》杂志上的生物稿子,大都由贾先生撰稿或审定。小时候爸爸告诉过我,贾先生编过一本厚厚的《中国植物图鉴》,那是解放前第一部这类的工具书,这不由叫我对贾先生心存敬意,尽管后来不断有机会见到这位和蔼的长者,却因敬畏从来没敢太亲近。

在爸爸为两位老人的通信集《涸辙旧简》作的序言里写道:"在这本通信集中,几乎没有一通不说到花花草草的,有的还兼及鸟兽虫鱼。一般是我父亲设问,祖璋先生回答。"看来喜欢花草的爷爷,是把贾先生当成这方面老师了。我看这本通信集,有关花草的内容大概要占到全部内容的三分之二,而在来往的两百多封信中,谈到牵牛花的就有三四十封。我不想像前面那样,把爷爷和贾先生写到牵牛花的地方都摘录在这里,只捡其中的几处让大家看看。

一九七二年八月二十二日,爷爷给贾先生的信中说:

> 今年种一种牵牛,淡粉红色,花之构造与他种其实相同,而圆幅特宽,展开时乃不成喇叭状而成若干折皱,骤观之乃如复瓣。其叶有与他种牵牛相同者,亦有缺刻甚多,形状特殊者。待收得种子,当寄呈。

爷爷这里说到的牵牛花,就是我前面说过的我最喜欢的那种牵牛花,大若碗口,非常好看。

一九七二年十二月二十七日,贾先生给爷爷的信中说:

牵牛花已于上月二十五日起开花，花冠裂成两片或三片，不连合成漏斗形，而皱折呈复瓣状，确属奇异。惟雄蕊退化，不产生花粉，因而未能结实，未免可惜。最近一枝紫牵牛也开花了，试用它的花粉进行杂交，也未有成效。不知是时令关系，还是盆小泥少、营养不足之故。看来馀下的种子还是等到春季再种，比较妥当。

因为种植牵牛，就查了一下有关牵牛的旧记载。《植物名实图考》把它归入蔓草类，《广群芳谱》归入药类，都不作花卉看待。最早形之诗歌的是林逋、梅尧臣、苏轼等人。苏轼说："牵牛非佳花，走蔓入荒榛。"显然说它是野生的。《植物名实图考》说："司马温公独乐园有花庵，以牵牛、瓜、豆为之。"这像是栽培的。但梅尧臣诗："墙东有东瓜，费尽滋溉力。牵牛独得志，抽走无寻尺。"则仍然是瓜地里的一种野草。所以也可以认为花庵的牵牛，正与梅尧臣所见相同。元代初期的郝经说："野花照天星，星中花亦繁。长夏蔓草深，疏篱掩斜径。"明代中叶的吴宽，把它作为药草来歌咏："本草载药品，草部见牵牛。熏风篱落间，蔓生甚绸缪。"看来都是野草。栽培的牵牛大概是从日本输入的，可惜还没有见到过任何史料。

种牵牛花就要了解牵牛花，贾先生对牵牛花进行这样详细的考证，不光让我长了见识，对他做学问的功夫，仅从这里就有了深切的体会。

有了贾先生这样详尽的考证，爷爷在一九七三年一月二日的回信中说："详叙有关牵牛花之诗料，言我国何以野草或药草视此花,此说亦甚可信。梅兰芳之《舞台生活四十年》曾叙及种牵牛花,梅与京中一班同好皆自日本引入新种,令彼杂交,产生新种。我居上海时,曾于城隍庙购盆栽牵牛花,花匠亦明言系日本种。而我人于郊野所见之牵牛,则皆叶小花细,殊无可观者。或者观赏之牵牛花,其始皆为日本种乎。"

爷爷和贾先生关于牵牛花的讨论还有不少,我就摘到这儿吧。我大概算了一算,那些年爷爷从七十多到八十出头,俞先生和贾先生也都是七十上下的岁数了。三位老者真是好兴致,文化人独具的闲情逸致尽显其中,他们对生活对花草的那种与生俱来的风韵,是我们绝对无法效仿和企及的。

在那以后的日子,爷爷的年岁越来越大,耳朵渐渐失聪,眼睛渐渐失明,到庭院里看花的次数越来越少,住医院的时日越来越多,牵牛花也随之渐渐地淡出了我的视线,而八条是从哪一年开始不再种牵牛花的,我却说不出。

事情的发展不免让人有些难以捉摸,当年家家都种的,人见人爱的牵牛花,如今却不见了踪影。难道花事也有潮流,现在牵牛花已经不再被人们青睐了吗?我想,爷爷如果还在,他一定会把这件事写进给俞先生和贾先生的信中的。

二○○八年七月三十一日　深圳

给孩子写儿歌

每个孩子都是在妈妈喃喃的儿歌声中长大的。在做了妈妈之后,又把儿歌唱给自己怀里的孩子听。尽管没有用心去背诵,儿时的儿歌也会永久地留在我们的记忆里。我妈妈晚年双目失明,又有些老年痴呆,但只要是她唱过的儿歌,我们说出第一句,她就会把整首一句不落地念出来,然后笑眯眯地问:"我说的啊对?"那样子可爱得就像是一个孩子。儿歌在人的大脑里打下的印记,由此可见一斑。

儿歌在人的一生中起着怎样的作用,大概没有人认真地考证过。不同的时代有不同的儿歌,好的儿歌会给孩子带来好的享受。一九五五年五月,爷爷在为小学编写语文课本的时候,写下了这首很多人至今都记得的《小小的船》:

> 弯弯的月儿小小的船,
> 小小的船儿两头尖,

> 我在小小的船里坐,
> 只看见闪闪的星星蓝蓝的天。

那天他在日记里写道:"九日夜得《小小的船》一首,自以为得意,录之。多用叠字,多用 an 韵字,意极浅显,而情景不枯燥,适于儿童之幻想。二十年前在开明编小学生课本,即涉想及此,直至今日乃完成。"

父亲至善先生在一篇文章里写到了这件事,他说:"儿歌仅四句,三十七个字,却在日记上自批自夸,写下了五十多字的跋,可以想见父亲那天夜里反复吟哦的喜悦。"

当年这首《小小的船》就编进了小学低年级的语文课本,那时候全国都用人民教育出版社出版的教材,凡是上学的孩子,都读到过这首儿歌。直到如今,在有的语文教科书里还能看到这首儿歌。看来爷爷那天的喜悦不无道理,这首儿歌的确意极浅显,而情景不枯燥,适于儿童幻想和吟诵,因此尽管很少有人知道它的作者是叶圣陶,却依然流传至今。从爷爷那五十多字的日记里,我们还可以看出,这首三十七个字的儿歌,竟在他的心中酝酿了二十多年,是什么情结让他"涉想及此,直至今日乃完成"的呢?

近一两年,一些出版社相继出版了不同版本的《开明国语课本》,这是爷爷在上个世纪三十年代为小学生们编写的语文课本。在小学初级课本的第三册里,我看到了《月亮船》这篇课文。全文是这样的:

> 我望见一弯月亮,像一只小船。我想:"我坐月亮船,一定更好玩。"

> 我就坐到月亮船里。船慢慢地前进,一颗颗的星浮在船旁边。
>
> 我捡那又圆又亮的星,放在一个盘里,带回家去送给妈妈,我想妈妈一定喜欢。

我想,这篇课文一定是《小小的船》这首儿歌的前身,儿歌的意境已经全在课文里了。当年爷爷没能把它写成儿歌,是没有想好如何来表达呢,还是没有找到合适的韵脚呢?如今已经没有办法去问问他本人了,但是二十多年前的事儿,老人家竟然一直放在心上,在又要为孩子编写教材的时候,了却了这个心愿,他对孩子们的事儿如此钟情,真不得不叫人肃然起敬。

最近几年,我读了一些爷爷写的儿歌,心里实在喜欢,就想整理出来给孩子们看看。真是不整理不知道,爷爷这辈子竟写了近百首的儿歌,这个数字就连他自己看了也会吃惊吧。我相信还不止这些,一定会有疏漏,但差的不会太多了。

爷爷的儿歌,大多写于一九三二年。那一年他开始为开明书店编写一套小学生用的语文教材。爷爷说:小学生既是儿童,他们的语文课本必须是儿童文学,才能引起他们的兴趣,使他们乐于阅读,从而发展他们多方面的智慧。小孩子都喜欢唱儿歌,儿歌是孩子喜欢的文学形式,为此爷爷开始了他的儿歌创作。在低年级的课本里,每一册差不多都有六七首儿歌。随着年龄的增长,课文中儿歌的数量越来越少,诗歌和叙事的长诗多了起来。

爷爷的第一首儿歌《窗子外》,出现在语文课本第一册

的第十二课里,说的也是月亮。读这首儿歌的,应该是五六岁的孩子:

  窗子外,月亮圆。
  像个球,像个盘。
  像个球,我来玩。
  像个盘,我来端。

  情景是孩子们常见的情景,想象是孩子们直观后的想象,三个字一顿,读起来顺畅又好记。像这样写孩子身旁的事物,引导孩子去观察的儿歌,爷爷写得最多。比如《好大的风呀》,是孩子和风的对话。孩子有什么话要和风说吗?有啊,你听:

  哗,哗,哗,
  好大的风呀,
  哗,哗,哗,
  哪里是你的家?
  哗,哗,哗,
  你放大嗓门喊,
  喊的什么话?
  哗,哗,哗,
  谁也不曾见过你,
  你有多么长,多么大?
  哗,哗,哗,
  你送树叶去旅行,

再送它们回来吗?
哗,哗,哗,
好大的风呀,
哗,哗,哗,
什么时候你回到家?

读这首儿歌,谁都会想起自己小时候的情景。儿歌里写的,不正是那时候你想和风说的话吗?不正是那时候你想问风的问题吗?

小时候我们都爱抬起头来,长时间地看着那天空中变幻的云,爷爷写的《云》里的情景,咱们也都看到过:

慢慢地走过天空的云,
就像一个白衣的老人,
白发白须这样飘呀飘,
抬着头不知为何出神。

一会儿老人变成冰岛,
无边的碧海四周围绕。
仿佛看见打猎的雪橇,
有几头白熊正在奔跑。

冰岛又变成一缕粗烟,
左转右折尽这么回旋。
再变什么实在难料定,
累我一眼不眨望着天。

还有雨后那挂在《天上的桥》,一定也引起过你的无限遐想:

> 虹呀,天上的桥!
> 圆弧架空长又长,
> 谁的手段这样巧?
> 红、橙、黄、绿、青、蓝、紫,
> 何来宝石这样好?
>
> 虹呀,天上的桥!
> 登桥下望地球面,
> 山海风景定奇妙。
> 谁能借我轻气球,
> 让我登桥看个饱。
>
> 虹呀,天上的桥!
> 转眼忽然不见了,
> 累我抬头一阵找。
> 全没云遮和雾掩,
> 哪里去了谁知道?

在爷爷写的儿歌里,像这种写自然现象和自然景色的最多,有二十几首。凡孩子会见到的,如:月亮、星星、云、风、雨、雷电、雪、雾、大海、河流等等,都在爷爷的选题之内,有的还写了不止一首。光是写风的,就有:《风》《好大的风》《初春的风》《北风吹》《飓风》。每首的意境都不一样,每首都写得入情入景,有声有色。

在写景的儿歌里,我最喜欢的是这首《瀑布》。它应该已经不能算作是儿歌,而是一首诗了吧。相信谁读了都会觉得,爷爷把瀑布写得太美了:

> 还没看见瀑布,
> 先听见瀑布的声音,
> 好像叠叠的浪涌上岸滩,
> 又像阵阵的风吹进松林。
>
> 山路忽然一转,
> 啊!望见了瀑布的全身!
> 这般景象没法比喻,
> 千丈青山衬着一道白银。
>
> 站在瀑布脚下仰望,
> 好伟大呀,一座珍珠的屏!
> 时时吹来一阵风,
> 把它吹得如烟,如雾,如尘。

动物和植物,是孩子平日里接触得最多的事物。在爷爷的儿歌里,这两种题材的儿歌加起来有二十一首。读读这首《金鱼》,一定会让你觉得,无论是金鱼,还是这首写金鱼的儿歌都很可爱:

> 看金鱼,大家来。

看金鱼,大家来。
红金鱼,鲜红有光彩。
白金鱼,白玉一样白。
朝天龙,眼睛往上抬。
珍珠鱼,珍珠满身戴。
一张嘴,闭又开,
大尾巴,摆呀摆,
游来游去逗人爱。

还有一首儿歌,是写青蛙的,题目就叫《青蛙》:

青蛙初生在水里,
成群结队挤呀挤,
个个乌黑小身体,
拖个尾巴针样细。
后来长出四条腿,
缩掉尾巴穿新衣,
还是能在水里游,
地上蹦跳也便利。
新衣青青真美丽,
叫声阁阁老不息,
尽吃害虫保庄稼,
青蛙功劳了不起。

一首儿歌,把青蛙的生理特点和生活习性都告诉了孩子们,这些知识正是他们应该知道的,可以理解的。孩子们唱了这首儿歌,一定很想去观察青蛙。像这样传授科学知识的儿歌,在爷爷写的儿歌里并不少见。由此我还想到他的一首写植物的儿歌《夹竹桃》:

> 夹竹桃,很好玩,
> 不说它花儿鲜艳,
> 不说它绿叶好看,
> 我只说个三和三。
> 你看夹竹桃,
> 一枝分三枝,
> 枝枝又分三。
> 你看夹竹桃,
> 叶子往上长,
> 层层都是三。
> 夹竹桃,常常见,
> 问声小朋友,
> 可曾注意三和三?

这样的儿歌,就是大人读了,也会想再去看看平日里常见的夹竹桃,去验证一下儿歌中说的"三和三",更不要说孩子了。爷爷的这些儿歌,还真的有他的独到之处,他用儿歌来引导孩子们学会观察自然,让他们从小就对周围的事物感兴趣,从小就爱科学。

孩子不仅生活在自然里,更生活在家庭里,学校里,社会里。和自然相比,孩子的生活更加丰富多彩。《可爱的泥人》是又一首幼儿在自言自语的儿歌,一个可爱的小女孩,

在和自己的可爱的泥人对话:

> 我姓张,他姓黄。
> 可爱的泥人你姓什么?
> 我叫小云,他叫大文。
> 可爱的泥人你叫什么?
> 我住在洗马路,
> 他住在迎春巷,
> 可爱的泥人你住在哪里?

孩子们喜欢猜谜语,爷爷把谜语写成儿歌:

> 绿衣人,上门来,
> 送来一个袋。
> 什么东西在袋里?
> 薄薄几条小纸巾,
> 上面许多黑蚂蚁。
> 蚂蚁不做声,
> 事事说得清。
> 你猜是什么?
> 说出来,让我听。

再来看看这首《你来猜》:

> 有时在我前,
> 有时在我后,

有时在我左,
有时在我右。
光明处它总伴着我,
不问冬春和夏秋。
黑暗处它总躲着我,
唤它它也不开口。

如果你的身边刚好有五六岁的孩子,看了这两首儿歌不妨读给他听,让他也来猜猜吧。

校园生活的儿歌,在爷爷写的儿歌里也占了很大的份额。做过教员的爷爷,把他所熟悉的孩子的那些事儿,悉数写在了他的儿歌里。比如孩子歌唱他们热爱的《学校》:

我们唱我们的学校,
学校里边样样好。
老师同学在一起,
大家用手又用脑。
工作读书和游戏,
样样都能照顾到。
教室常换新陈设,
园中不断好花草。
还有各种小动物,
鸡、鸽、猴、兔、羊、狗、猫。
什么地方最快乐?
要数我们的学校。

孩子们去郊游的《远足歌》:

> 看得多,
> 见得广。
> 多跑几里路,
> 多到几个地方。
> 我们结队远足去,
> 行行歇歇莫慌忙。
> 听听鸟儿的叫声,
> 辨辨树木的行状。
> 遇见小朋友、老大哥、大嫂子、老公公,
> 和他们谈谈彼此的情况。
> 我们远足兴趣多,
> 编个歌儿齐声唱。

在爷爷写的儿歌中,写孩子们的体育活动的有六七首,体操、赛跑、放风筝、踢毽子、荡秋千……好不丰富!在这些儿歌里,有着爷爷一贯提倡的快乐、勇敢、顽强、友谊,互助,为团体争光的精神,更有着生动活泼的热闹场面,却没有一丝一毫的说教。读读这首《踢毽子》,你会融入到那火热的情景里,就如同你也是他们中的一员:

> "这里有布,有铜钱,有鸡毛,
> 做个毽子来玩好不好?"
> "好,自己来做自己玩,
> 比现成的玩具更有味道!"

"我拿针儿,你拿剪刀,
工作虽小要分劳。"
"很快,我们就做好了,
小小的毽子多轻巧!"

"看,像有条线把它系牢,
一脚一脚踢着总不落掉;
看,我从右脚换到左脚,
还能转一个身扭一扭腰。"

"我腾身把它踢得高高,
蹲身就把膝盖儿抱,
待它落下又腾身一脚,
看接连能踢到多少。"

"哪怕北风吹雪花飘,
也不用生火炉把煤烧,
我们踢得满身是汗,
还得摘掉帽子脱下棉袄。"

爷爷创作的儿歌,我说了这么多,还引用了其中的好几首,可是想要说的好像还远没有说完。因为爷爷的儿歌体裁实在广泛,涉及的面又多,写得好的儿歌又何止我这里选的这几首。要是写他的儿歌创作,有的体裁就不能漏掉,就不能不提一提。比如他为孩子们写的歌颂劳动人民的诗歌《打铁》；歌唱祖国的诗歌《中华》《长江》；他写战事给人民带来痛苦的诗歌《卖菜的老人》；他让孩子不要忘记屈辱历史的诗歌《五月》《巴夏礼铜像》，每一首都满怀着一腔的热血，能激发起孩子的激情，这里就选录一首《中华》：

> 中华，中华，我们大众的家！
> 高大的山岭连延南北，
> 广阔的江河滚滚东下。
> 良好的田地到处都是，
> 年年生产米、麦、桑、麻。
> 富足的矿山指说不尽，
> 多量采用哪怕缺乏。
> 中华，中华，我们爱护它！
> 谁来犯它，我们抵抗他！
> 中华，中华，我们大众的家！

上世纪三十年代的孩子，在读这首诗歌的时候一定会热血沸腾，他们既为自己的祖国感到自豪，又为自己的祖国感到担心，因为那个时候，中国正在受着外国侵略者的凌辱。

在高年级的课本里，爷爷用叙事诗和快板书的形式，为孩子们写了几个故事。其中有用我们熟悉的守株待兔的故事改编的《农人和野兔》，武松的故事《景阳冈》，也有描写一个捉了小鸟，又把小鸟放回家的孩子的故事《小鸟回家》，以及上面提到的《卖菜的老人》，这些作品都比较长，就不录在这里了。

新中国成立后的五十年代初,作家协会曾经号召作家为孩子创作儿童文学作品,爷爷响应号召,写过几篇散文和儿歌。过了二十多年,已经六十岁的爷爷再一次为孩子们写东西,还是没有忘了要用孩子的眼光来看这个世界,写出来的儿歌依然首首充满了童心童趣,首首朗朗上口充满诗意。一九五八年的四月到五月,他的儿歌创作出现了一个小高潮,一口气写了十首儿歌,还是动物和植物的居多,其中有我们前面提到的《小小的船》《金鱼》和《夹竹桃》。那时候全国人民都在大搞绿化和兴修水利,儿歌里就有《栽树》《祖国全绿多可爱》和《我们也来修水库》这些反映那时候孩子们的活动的儿歌。

从那以后,爷爷虽然依旧在负责孩子们语文教材的编写工作,依然在关心着孩子们的教育工作,他为孩子们的事情说过很多话,甚至发出过"我呼吁"这样的疾呼,可是没有时间能再为孩子们写些什么了。

二〇一一年九月二十一日　深圳

三十年和一千万份
——记爷爷参加《中国少年报》创刊三十周年活动

《中国少年报》复刊后三年的一九八一年十一月四日，迎来了创刊三十周年纪念日。在八十年代初，几乎和祖国同龄的，为少年儿童办的报纸，好像就这一张。报社决定好好庆祝一下，要邀请有关领导，关心和支持这张报纸的各界人士，报纸的作者，小读者，通讯员……参加在人民大会堂举行的庆祝会。光研究邀请人的名单，就花了领导们不少时间。名单确定下来，当时在报社知识版做编辑的我接到了一个任务，请爷爷叶圣陶出席大会。回到家和爷爷一说，他爽快地答应了，还向我询问了许多报社的情况，特别问到了发行量。

大会定在当天下午的二点三十分。家里人知道爷爷性急，只要下午有活动，就早早做好中饭吃了，让他好有时间躺一会儿。其实爷爷睡不着，只是闭上眼睛养养神。没等我叫，他已经起来穿好衣服，就等着出发了。爷爷一向遵守时间,我扶着他来到会场的时候,人民大会堂的宴会厅还没有几个来宾。社长江敬文和副总编辑沈腴正把爷爷让到了贵宾席上。趁他们说话的时候,我在会场转了转。哈,真是又热闹又气派。会场的正中挂着巨大的横幅,会场的两侧挂满了著名画家和书法家送来的大幅书画。在步入会场的左手边,还放了好几块展示报社历史和成就的展板。报社上下都在忙着大会的接待工作,每个人的脸上都泛着兴奋的光,整个会场喜气洋洋。

十多分钟过去了,来开会的人慢慢多起来。如果没有记错,当时负责我们报社工作的团中央书记胡德华,老前辈习仲勋,康克清,王光美,荣高棠……好多教育界、文艺界、新闻出版界的顶尖人物都来了。一张四开四版的小报纸,能惊动这么多人,要说也不奇怪。大家都关心咱们的下一代,自然就会关心这张为全国少年儿童办的报纸了。

说是两点三十分开会,可是谁都知道,这样的庆祝会,给许多同志提供了一个见面的机会,大家互相问好叙旧,再加上要等某些领导,没人会在意准不准时。可我看得出来,一向守时的爷爷已经等得有些不耐烦了。一次又一次地问我:"小妹,怎么还不开会?"我着急,可是又不好去催社长,在爷爷旁边站也不是坐也不是。直到主持人宣布:现在开会!我才松了一口气。让我没有想到的是,江社长说:"先请叶圣陶老先生讲话。"按照先社领导,后有关领导,然后才是嘉宾的常规,且轮不到爷爷讲话呢。但要是真等到末了,一定会把老人家累坏了。我不知道江社长是出于哪种考虑破这个例的,但是对他的这个安排,我至今心存感激。爷爷不客气,站起来就说。别看他已经是须发皆白的八十七岁

的人了,声音仍洪亮得叫整个会场立刻安静了下来。爷爷讲话不拿稿子,他说:

小朋友,青年朋友,老朋友:

今天我以一个从《中国少年报》创刊开始就是投稿者的身份,来祝贺《中国少年报》的三十周年。我想用两个数目字,简单地说一说我的一些想法。一个数目就是三十年,一个数目就是一千多万份。

先说三十年。三十年办一张报纸,这期间负责的同志,做编辑的同志更替、增加,恐怕数也数不清楚。但是报纸没有停顿,一天一天在进步。什么叫进步?我想,说起来其实很简单,就是我们的报纸,今天比昨天好,昨天比前天好,这就叫进步。那么办一张报纸,什么才叫好呢?就是对于读者要有实际的好处。《中国少年报》的读者是谁呢?是全国的少年儿童,对于全国的少年儿童有好处,而且是实实在在的好处,就是要帮助他们在思想、行动、知识、能力方面都有所长进,这才叫好。《中国少年报》我也经常翻一翻,觉得逐渐在那里改好,有进步,这是非常可以祝贺的。不过我说,请同志们不要以此自满,总之要不断地进步。大家想想,报纸创刊的时候是中华人民共和国元年,现在是三十年。三十年来变化很多,咱们要适应时代的进步,适应时代的变化,使少年儿童读者真的得到好处,这才是真有进步。我曾经算过一算,一张《中国少年报》,假如不算题目,不算插图,完全排满字,包括标点,一共多少?不到一万两千字。我希望咱们的编辑同志,要珍惜这一万两千字的地位,不要有一句话,一个词是多余的,每一句话,每一个词都要放到秤上去称一称,看看够不够分量,够分量的才写进去,这就叫精简。咱们拿花钱来作比喻。花钱要讲精简,把口袋按起来,一个钱都不花,不叫精简。该花的花,不该花的不花,这才叫精简。编书编报都是同样的道理,就是每写一句话总要想一想,对读者有多少实际的好处。

第二个说一千一百万份。这真是个不得了的数字。我从前办杂志,多少份?一千两千是平常的。我曾经办过的一个叫《中学生》的杂志,超过一万就很了不起了。那时候韬奋同志办的《生活》,大概有三万四万,是全国第一,现在咱们的《中国少年报》是全国第一。和外国比起来是不是第一,我不知道,恐怕也是第一了。一千一百万份,我说,想到这个数目字的时候,咱们尤其要当心,尤其要注意,怎么使这样大的一个数目,让咱们的少年儿童得到更多的益处。

我还想说一点,报社常常派同志们出去开座谈会。座谈会是要开的,可是要开得好,也需要好好斟酌。假如凑两个人随便说说,那叫做浪费时间,浪费精力。要开座谈会,先要了解这个地方的儿童是什么情形,我们要了解的是什么情况,一切都准备好了,再来开座谈会。我觉得最近《中国青年》杂志的一次座谈会开得很好,是为了了解片面追求升学率对于中学生的影响。这篇文章不知道诸位看了没有,在《中国青年》杂志第二十期上。杂志社找了许多中学生,叫他们谈谈自己的学习生活方面的情形。他们把自己的情况都谈出来了,谈出来的结论就是,片面追求高考升学率,使中学生透不过气来。假如诸位同志还没有看的,我希望大家找来看看。

我的话杂七杂八,对不起大家。

我不知道究竟有多少人能听得懂爷爷那带着浓重南方口音的普通话,听见全场爆发出来的热烈掌声,我的眼里充满了泪。是为爷爷骄傲,还是对大家的感激,我自己也说不清。那个时候爷爷的听力和视力都不好了,他有没有感受到大家对一位老人的赞同和尊重呢?我顾不上问,只是扶着他,让他赶紧坐下来歇歇。我的心好久都平静不下来,接着几位同志的发言我好像一点儿也没听进去。又坐了一会儿,爷爷对我说:"小妹,我实在听不清大家在说些什么,可不可以先回去了。"我马上站起身去找沈副总编,她听我一说,赶忙来到爷爷身边,再三感谢爷爷能来参加大会,感谢爷爷给我们作了这样好的一个讲话,还说会后一定组织大家好好学习。然后她就和我扶着爷爷,轻轻地绕开会场来到门口。爷爷对沈副总编说:"实在不好意思,我先走一步。"又对我说:"小妹,你回去接着开会,我自己先走了。"看着爷爷的车开了,我长长地出了口气。回到会场,坐在同事们身边,直到这时候我才放松下来,接着和大家一起听一个又一个来宾的发言,吃桌上放着的糖果,有说有笑,过着这个属于我们《中国少年报》人自己的节日。记得庆祝会开得很热烈,发言的人很多。我们送走客人,收拾完会场离开人民大会堂的时候,天已经完全黑了。天安门广场华灯初放。

社庆的当天晚上,中央电视台就在《新闻联播》节目里播发了庆祝大会的新闻。第二天各家报纸也都编发了大会新闻和相关的报道。新华社还发了一条有点惊人的消息：《中国少年报》的发行量已经达到一千一百多万份，居世界第一。作为这张报纸的编辑，谁能不为此感到骄傲和自豪呢！同时正像爷爷说的那样，想到这个数字的时候，我们会时时当心，时时注意，怎么才能使这样大的一个数字，让咱们的少年儿童得到更大的益处。而爷爷说的把"每一句话，每一个词都要放到秤上去称一称，看看够不够分量"这句话，一时间也成了大家挂在口头上，互相提醒努力去做的准则了。

二〇〇七年四月二十七日

黾勉以从事　罔敢任草草
——记爷爷写字之二三事

一

一九七六年我和周涌结婚，请爷爷为我们写一幅字。爷爷爽快地答应了，还特意为此做了四首七律，抄在一张宽二尺二，高一尺八的宣纸上，作为结婚礼物送给我们。四首七绝说的是爷爷对婚姻这件事的看法，当时我们都是工人，诗中说"工人阶级无兼集，私欲偏心故不萌。但愿永操高志概，莫教局限小家庭"。还希望我们"为瓦为砖惟扎实"，他则"伫看尔辈作中坚"。一晃过去三十八年了，我们俩不论走到哪儿，都把这幅字带在身边，放在眼面前最显眼的地方，用来鞭策自己。四首七律加上注和落款，大大小小共一百五十多字。那年爷爷已经八十一岁了，可笔力犹健，写出来的字笔笔认真，个个规矩，整体看上去疏密得当，一气呵成，真是幅好字。常言道：字如其人。我每次看这幅字就像看见了爷爷,仔细琢磨,他做人的道理都融在这字里了。

我常想,爷爷小时候一定是非常听话的孩子,父亲和老师要他怎样做,他一定会照着去做,这其中就包括要写好字。爷爷三岁开始描红识字,临过各种帖,他的字该是在小时候就打下了很好的基础。

一九一〇年十一月二日是爷爷十七岁的生日,从那一天起他开始写日记。此后爷爷一直用小楷记日记,密密麻麻地记了一本又一本,直到一九五六年十二月十四日。在十二月十五日的日记里他写道:余写日记,向用毛边纸直格大本。此种本子购于上海,今已用完。托晓风求之于北京纸铺,竟不可得。乃改用此种本子,写法易直行而为横行。这样算起来,爷爷用毛笔小楷写日记,竟长达四十六年之久。从那以后,爷爷就改用钢笔记日记了。

上世纪二三十年代,爷爷先在商务印书馆,后在开明书店做编辑。那时候凡是他自己出的集子,无论是散文集《隔膜》《线下》《火灾》《未厌集》,小说集《倪焕之》,还是童话集《稻草人》《古代英雄的石像》等,封面用字都是他自己写的。每一本书的字体不同,看上去都很舒服,都很压得住阵脚。爷爷还为他编辑的书写封面字,茅盾的《子夜》《春蚕》《蚀》《野蔷薇》等书的封面字就是爷爷写的,有的是楷体,有的是篆体。爷爷还为他的好朋友朱自清、王统照、庐隐、丰子恺等人写过书的封面字。

一九四六年,我的外公夏丏尊先生过世了,爷爷为他的这位挚友和亲家写了墓志和碑文,碑文上的楷书一笔一画工工整整,是我所见过的爷爷的字中结构最精准,功力最深厚的,浸透着爷爷对外公的那份深情和敬重。外公的墓在老家浙江上虞白马湖平屋后面的山上,每次去祭扫外公,我都会转到墓后面去看看爷爷写的那篇碑文,看看爷爷写的那幅字。

一九五七年我的奶奶过世了,爷爷为奶奶觅得一块汉白玉的方石做墓碑,上方五分之二的空间,爷爷用篆字写了"我妻胡墨林墓"六个字;下方五分之三的空间,爷爷用楷书录了一首他按奶奶谢世前的意思写的一首五古:人情实太好,与我大有缘,一切皆可舍,人情良难捐。诗旁边的三行小字用来说明墓志。和给外公写的墓志一样,那字写得恭恭敬敬、一笔不苟,刻在厚重的汉白玉上,越发显出笔法的精准和功力的深厚,心底里对奶奶的那份爱情金石可鉴。

二

爷爷喜欢弘一法师的字,他在《弘一法师的书法》一文中说:"我不懂书法,然而极喜欢他的字。若问他的字为什么使我喜欢,我只能直觉地回答,因为他蕴藉有味。就全幅看,好比一堂温良谦恭的君子人,不亢不卑,和颜悦色,在那里从容论道。就一个字看,疏处不嫌其疏,密处不嫌其密,只觉得每一笔都落在最适当的位置上,不容移动一丝一毫。再就一笔一画看,无不使人起充实、感、立体、感。有时候有点儿像小孩子所写的那样天真,但是一面是原始的,一面是成熟的,那分别又显然可见。总括以上的话,就是所谓蕴藉,毫不矜才使气,功夫在笔墨之外,所以越看越有味。"

爷爷还喜欢俞平伯先生的字。晚年,两位老人虽然都住在北京,但相隔较远难得见面,因此书信不断,几天就有一封,有的时候兴致所致,一天竟会写两封。他们借此做思想交流,文辞切磋,把这种有来有往的通信比作"打乒乓球"。一九七四年到一九八五年这十二年间,共留下遗笺八百余封。那几年爷爷自己动手订了几个画报大小的本子,专门用来贴俞先生的信。他说俞先生的字好,每一封信都可以当作书法作品好好欣赏。听爷爷这么一说,我也会凑过去看看,只觉得俞先生的字,一笔一笔似乎都不搭界,却又笔笔相连,落落大方,看上去是一种从容不迫的舒适,和弘一法师的字一样,越看越有味儿。二〇〇二年,我的父亲和俞平伯的儿子一起收集整理,出版了两位老人的通信集《暮年上娱》,那是另话。

我不会写毛笔字,更不懂书法,只是觉得与弘一法师和俞平伯先生两位先生的字相比,爷爷的字更规矩,却稍显拘谨,不像他们二位的字那样超然和洒脱,这也是性格使然吧。爷爷不是书法家,评论爷爷书法的文章不多,我看到过一两篇。李建森先生在他的文章中说,爷爷的字拙厚、纯朴、磊落、大方、工稳、谨严,既是他的人格品范,亦是他的笔墨旨归。我以为李先生的评价是中肯的。

三

新中国成立前爷爷的字写得多一些,新中国成立后爷爷成了大忙人,整日里公务不断,没有什么工夫弄笔墨,在很长的一段时间里,写字常常是事出有因,如果不是有人请他写字,他几乎不怎么写了。

"文革"前,全国掀起了学习《毛主席语录》的高潮。一九六六年一月,爷爷在百忙之中开始抄录《毛主席语录》。在二月八日的日记中,爷爷留下了这样几句话:"午后睡起,抄《毛主席语录》数条。……余思看之不如抄之,抄录之际,徐徐思索,印入较深。为之亦有日矣。"看得出来,爷爷抄《毛主席语录》是为了更好地学习。

说爷爷是在百忙之中抄的语录,那是因为每年的三月四月,都是爷爷最忙的时候,主要忙着编辑排校秋季应用的教科书,他不能每天都抽出时间来抄写。在日记上时断时续地记着"今日又抄若干则",三月十三日,他在"今日又抄若干则"后面加了一句:"徐徐书之,徐徐思之,觉视徒事观览为胜。"四月十四日他在日记里写道:"全部于今日抄毕。抄本凡四册。"爷爷大概又花了两天工夫校了一遍,所以抄本最后记的日期是四月十六日。

一九九三年十二月,爸爸把爷爷留下的这部手抄本《毛主席语录》托民进中央转交给统战部。当月的十三日,统战部特地为此召开了一个小型的会议。会上爸爸说:父亲留下了一部手抄的《毛主席语录》,一共四册,工工整整的楷书。在说明了这部手抄本的来龙去脉之后,爸爸说:父亲当年抄写《毛主席语录》,只是为了学习,为了认认真真地学习。把这部手抄本交给统战部交给党,正如父亲一九四九年年初在北上途中说的,跟"涓泉归海"一样,得其所哉。

爷爷这部手抄本的《毛主席语录》,写在荣宝斋的线装毛边纸空白本上,是工工整整的楷书。为了认真地学习,爷爷一笔一画地写,一字一字地琢磨其中的意思,看得出来是格外地用心,每个字都像是刻出来的,规矩得可以用作字帖。在转交给统战部之前,爸爸把这四本册子放在书桌上翻看了多日,颇有些恋恋不舍。之所以做出这个决定,爸爸说了,是怕散失了可惜。那些日子我刚好在爸爸身边,这件事情的前前后后我都经历了,还跟爸爸参加了统战部为此召开的那个会。现在想起来,爸爸这样做自有他的道理,可惜的是,当时复印和拍摄都不像现在这样方便,家里连复印件都没能留下一份,如今要想再看看爷爷的这部手抄本,恐怕是难了。想一想,爷爷抄这部语录已经是四十八年前的事儿了;爸爸把这部语录交给统战部也已经过去二十年了。时间过得真快啊!

四

爷爷喜欢抄书。爸爸曾说:"看之不如抄之"的抄书习惯,爷爷是在中学时代养成的。他和老同学王伯祥先生、顾颉刚先生,都有这个习惯:遇到要认真阅读的书或文章,就从头到尾抄一遍。爸爸还说:父亲于学生时代就喜欢抄书,"文革"期间以抄书为日常消遣。在"文革"中的一九七一年,爷爷写了一首《抄书》,诗是这样写的:

一目十行下,或吞囫囵枣;一字莫遁逃,还是抄书好。陶不求甚解,岂谓竟草草?何由毋草草?抄书径可蹈。提笔意始凝,并驱手共脑,徐徐抄写之,徐徐事究讨。细嚼得真味,精鉴乃了了,瑾瑜固惬心,瑕亦辨微小。此际神完固,外物归冥邈,罔觉渐移晷,不闻当窗鸟;佳境良难状,其甘只自晓。同好且过我,诗成寄伯老。

诗中最后一句的"诗成寄伯老",说的就是爷爷从小到老的至交王伯祥先生。

"文革"一开始,爷爷没有了任何职务。后来爸爸去干校,我和弟弟去插队,八条偌大个四合院里就剩下了爷爷和妈妈。少有的清闲和寂寞让爷爷又有时间写字了,他就用抄书来做消遣。说是消遣,可一点儿不消极,从上面的这首诗就可以看得出来,爷爷觉着抄书有着"佳境良难状,其甘只自晓"的无穷乐趣。如果我没有记错,爷爷还用钢笔手抄过一部英文版的《毛主席语录》。

五

从"文化大革命"后期到八十年代初,不知道是什么原因,一时间人们突然对书法来了兴趣,向爷爷求字的人多了起来。在爷爷的日记里可以看到,每隔两三天他就会抽时间为人写字。其中有些是老朋友;有一些是爷爷自己为了某个人的某件事写了一首诗,自己要抄下来送给他们的;更有些人并不认识,只是慕名而来,爷爷也都答应下来认真完成。其中有几件事,我至今都记得。

我们住的八条胡同的西面,有一位退了休的电工肖师傅,他喜欢种仙人球。他用三棱箭嫁接的仙人球,不光形态各异,色彩也颇丰富。爷爷一向喜欢植物,听说后去他那儿看过几回,兴致勃勃地写了一首颇长的诗,自己写好了让小弟拿出去裱了,亲自给肖师傅送了过去。

我在黑龙江兵团插队的时候,有个情同姐妹的好朋友叫夏振华,回北京后分配在医院里做保健工作。她常来我家玩,常常会和爷爷聊起学习医疗的心得。爷爷也为她作了一首诗,也写了规矩的楷体字送给她。

有一次我陪着爷爷出来散步,从八条的小胡同横穿到七条,对面走来一位中年妇女。她上前来说,想请爷爷写一幅字。我们在八条住了三十多年了,认识爷爷的人不少。看来这位妇女是摸着了爷爷出来散步的规律,专门在这儿等着呢。爷爷依然谦和地说:"我的字写得不好,如果你想要,我就写。"然后让我记下了她的名字和地址。这位妇女也未免太莽撞了,我心里多少有些不满。几天后我把爷爷写好的字送到她家,看她那喜欢的样子,真像得到了一件宝贝,心一下子就软了。

六

说起来奇怪,那时候爷爷为那么多人写字,我们家里人反倒不是每个人都有爷爷的字,我们老是觉得爷爷写字很辛苦,很少向他开口。

弟弟永和很想要爷爷给他写一幅字,憋了好多天没有开口,还是请妈妈替他说的。爷爷把写好的字交给永和的时候问:"我有那么厉害吗,想要字为什么不自己和我说呢。"永和在延安插队,夏天菊科的野花漫山遍野,冬天大雪压弯树丛,永和与野花和雪花照过几幅照片,爷爷以此为题写过一首《醉太平》:"连坡菀花,缀枝雪花,何输烂漫春花,赛桃花李花。古人插花,今人佩花,永和别样怜花,竟藏身入花。"爷爷送给永和的字,抄的就是这首词。相比写给我和小夏的字,这幅字看上去要随意得多,反而显得轻松流畅。永和把爷爷的这幅字挂在墙上,时时会想起延安,想起爷爷,那绝对是一个很好的念想。

因为没有开口向爷爷要字,至今后悔莫及的还大有人在,这其中就有爷爷的学生商金林。论年龄,商金林和我们差不多,"文革"后他上了北大文学系,学习现代文学。他为自己选定的研究对象之一,就是当时还健在的现代文学家叶圣陶。商金林很用功很努力,每个星期都会骑着自行车从北京大学来我家,向爷爷和爸爸讨教有关的问题,而且每次都是有备而来,收获颇丰。如今商金林已经是全国首屈一指的研究叶圣陶的专家了,写了爷爷的传记,编了爷爷的年谱,还编了许多种爷爷的书。当年商金林亲眼看见过爷爷写字,见过人们从爷爷那儿把一幅幅写好的字拿走,他心里痒痒的,但是出于尊重和体贴,他没有向爷爷说出自己的愿望。其实这个孜孜不倦的学子只要张口,爷爷是一定会为他写一幅字的,而今懊恼也于事无补。每次和我们说起这事,他总是满脸的悔意。

七

记得那些年,爷爷写字大都在下午午睡过后,只要是要写字了,那天的午觉一定睡不踏实。两点的样子爷爷从自己的小屋里出来,走到北屋的正房。家里人早已把八仙桌摆在了屋子的正中。那时候我在工厂当工人,休假或上夜班的时候,赶上爷爷写字就会过来帮忙。说帮忙,一是帮着爷爷磨墨。爷爷有一方长八寸、宽五寸的砚台,是妈妈从旧货市场给他淘来的。磨墨是个功夫活,爷爷教我先用小勺舀几勺水,然后拿着墨锭顺时针磨,磨墨的时候用力要均匀,速度要均匀,墨汁浓了再慢慢往里面添水,直到磨够了这次要用的量,这样磨出来的墨汁才会细腻好用。二是帮着爷爷扽纸。爷爷用宣纸写字,宣纸长三尺,从右上方开始写第一个字,依次往下,每写完一个字,要帮他把纸往上扽一下,直到一行写完,再回到上面开始写第二行。

爷爷曾在一篇文章里说过:

> 我在准备写一幅字之前,头脑里先想一通,某个某个字该怎么样结构,逐行逐行该怎么样照应,整幅的字该怎么样融合成一个整体。……写字画画都一样,有句老话叫"得心应手",要做到这样才有成功的希望。所谓"应手"就是"应于手",就是手听头脑的调遣,要怎么样就怎么样。这得靠不懈的练习。我的字写不好就在平时少练习,偶然写几幅当然不能"应手"。可是"应手"离不开"得心",头脑里没个准儿,手再熟练,又从哪儿去听调遣呢?

爷爷虽然这样说,可在我看来他每次写字怎样安排,怎样下笔都胸有成竹。写字时那聚精会神的样子,就像他写的《抄书》那首诗里的一句话所描绘的:"此际神完固,外物归冥邈。"字写好后,爷爷让我举起来,他会站定了好好地看上一会儿,然后摇着头像是对自己,又像是对我说:"总之写得不好,马马虎虎。"

八

一九七四年五月,爷爷的朋友陈次园先生请爷爷为他写一幅字,爷爷由此想到,自己每次为别人写字,都免不了踌躇,那些感想都可以写诗了。于是他想了数日,得诗二首。其中的一首写道:

> 从未勤练习,吾书安得好?自观只摇头,书兴宜其少。乃有命之者,雅意岂容藐?黾勉以从事,罔敢任草草。不惬则依然,致之愧萦抱。出门弗认货,见嘲吾无恼。

六月三日,他把自己作的这两首诗,写在了陈先生交给他的旧笺上。并在日记上写道:虽行款尚整,而字平常,乃复"自观只摇头"也。既已写上,无可更改,唯有"出门弗认货"而已。爷爷偶有的冷幽默突现在"出门弗认货"这五个字中,看了不禁让人想笑。

一九七六年三月二十六日,爷爷在给贾祖璋先生的信中说:"人家以为我之字好,来嘱书者颇多,每天可以平均到一张有馀。我之字实在并无把握,有时尚可,有时极难看,即一幅之中,几个字尚可,而其他字则平平或难看。既然人家托写,我自当来者不拒,依弘一法师与夏丏翁之说法,藉此'结缘',亦是待人接物之道也。"从这短短的三句话中大体可以知道,爷爷在那些日子里为别人写了多少字;还可以知道,爷爷之所以这样做,是依了弘一法师和外公的待人接物之道的。

七十年代末到八十年代初,爷爷"来者不拒"地为别人写字,逼得他不得不"勤练习",而"罔敢任草草"的认真态度,使得他的字越写越好,每一幅看上去都清秀舒服,称得上是书法佳作了。

九

但是好景不长,这样佳作频出的时间没能持续多久。

随着岁月的流逝,爷爷先是视力越来越差,后来笔力也大不如前。一九八一年,爷爷觉得自己再也不能为别人写字了。为了不辜负大家的雅意,他特意写了一封关于写字的公开信,让爸爸拿到出版社请工人师傅排了字,打好几十张放在自己的书桌上。凡有人来向他求字,他就寄上一张,算是作答。那封信是这样写的:

敬致嘱我写字的同志:

多年以来,朋友们嘱我写张字,或者写个书名刊物名,我总是一口应承,勉力写就交去。到了近两个月,我自信再不能写毛笔字了,现在把情况说一说。

白天开了桌灯,戴上眼镜,左手拿放大镜。用钢笔或圆珠笔写字,还可以成个款式,不必重写。写毛笔字可不然,不拿放大镜,落笔没有数,往往写出怪字来。譬如写个田字,中间的一划一直有时写到了方框的外边去。拿着放大镜也不行,镜要移动,笔要蘸墨,结果字跟字不贯气了,大小也不匀称了。说也惭愧,写个书名至多不过十个八个字,一遍写不好,再写一遍,写上几十遍,竟没有勉强可以满意的。近两个月间经常遇到这样的情况,心里烦恼,身子疲累,深以为苦。

我不得不抱着甚深的歉意,向嘱我写字的同志陈述:我实在不能写毛笔字了,辜负雅意是出于不得已,倘蒙原谅,不胜感激。

叶圣陶
一九八一年六月十五日

爷爷在信中所描绘自己写字的情景,我至今历历在目。当时他坐在桌前,多次勉力为一些刊物题写刊名,常常写了一遍又一遍,撕了一张又一张,不时回过头来朝我尴尬地笑笑。我想对他说点儿什么,却什么也说不出来,眼泪在眼眶里打转。爷爷手中那曾经酣畅淋漓挥洒自如的笔,变得难以把握,满脸力不从心的疲惫和无可奈何的烦恼。不知道当时在收到这封信的人里面,有没有人感受到这位老人的无奈和悲凉。

十

新近有朋友告诉我,网上在拍卖爷爷的书法作品。我打开网页一下子惊呆了,爷爷那熟悉的笔迹,那一幅幅漂亮的字,一下子全都展现在我的眼前,竟有几十幅。就像见到了久违的老朋友,一时间让我兴奋不已。我一幅一幅地仔细看下去,心情却变得越来越沉重。这其中的很多幅字都是爷爷的潜心之作,是作为赠品送给朋友的,最终怎么就被送到拍卖行去了呢?其中送给琵琶演奏家那幅字的前前后后,就像电影一样在我眼前重现。

一九七六年四月一天的晚饭过后,哥哥三午来到爷爷房里,说他认识的一位琵琶演奏家,琵琶弹得在国内数一数二。今天他要来家里玩,爷爷想不想听听他弹琵琶?爷爷喜欢听古乐,回答说好,哥哥就把演奏家请到了爷爷房里,还叫上了爸爸和我。

演奏家看上去四十出头,身体微胖,一脸谦和。他和爷爷聊了几句就从布袋里拿出了琵琶,左手抱着,右手的手指在弦上滑动了几下,然后正了正身子,问爷爷想听什么曲子。爷爷说,您随意吧。演奏家沉思片刻,忽然右手一扬,手指落下的瞬间,爷爷的小屋里装满了清脆的琵琶声。那琴声时而舒缓,时而激烈,时而欢快,时而悲凉。有时仿佛听到了潺潺的流水声,清幽娴静;有时又仿佛听到了金戈铁马声,壮怀激烈。拢、捻、抹、挑,四根弦在他的手里变换出无数种声响,无数种情绪,让我的心起伏不定。每一曲终前那最后一划,令琴声戛然而止。此时屋内寂静无声,大家都还沉浸在刚才的乐曲当中,好一会儿才回过神来,说:"好,好!"那天演奏家弹了《春江花月夜》《十面埋伏》等八首琵琶名曲。爷爷、爸爸生在江南,都喜欢琵琶,又熟悉这些曲目,听得很是入神和尽兴。难得有机会这样面对面地欣赏琵琶弹奏,看得出来他们都很开心。事后喜欢书法的演奏家请爷爷给他写一幅字。

那时候爸爸正在向爷爷学习作诗词,听了演奏家的琵琶曲《十面埋伏》和《春江花月夜》,分别写了两首词。第二年的一月二十六日,爷爷匆匆睡过午觉,让我帮他磨墨铺纸,把爸爸写《十面埋伏》的那首《忆秦娥》端端正正地写在了宣纸上,让三午拿去裱好转送给演奏家,以了自己酬谢演奏家为他弹琵琶的心愿。

我在电脑里看到的正是这幅字,写的是爸爸做的那首《忆秦娥》:

> 挑还抹,但闻鼓角催军发。催军发,衔枚十面,霎时围合。笛声凄楚歌声咽,铁骑突出戈相击。戈相击,拔山气尽,大风歌彻。

爷爷在这首词的旁边附文道:"××先生酷爱书法,喜收藏,并擅琵琶。去岁四月二十八日之夕,惠临弹奏琵琶曲至八阕之多,实为寻常音乐会所未尝有,聆听之者无不喜欢赞叹。我儿子至善曾填《忆秦娥》一首,咏是夕君所奏之十面埋伏。今晴愡多暇,书以奉赠。写作俱平常,聊酬雅意云尔乐。一九七七年一月二十六日叶圣陶。"

爷爷这短短的一百来字,把他写这幅字的由来说得清清楚楚。一幅字,却是爷爷爸爸两代人的心意,是一件多么值得珍藏、纪念的珍品啊。事情已经过去三十多年了,爷爷、哥哥、爸爸相继过世,当年听那位演奏家弹琵琶的,如今只剩下了我一个人。

二〇一三年七月　深圳

我儿时的一篇获奖作文

上小学的时候,大概是在三年级,一次作文课上,老师在同学面前读了我的一篇作文。作文的题目和内容我都记不清了,不过一定是写人的,因为老师特别指出,作文里排比句中的两个成语用得好,句子是这样的:无论是在挥汗如雨的夏天,还是在滴水成冰的冬天……事到如今,五十多年过去了,这么平常的一句话,却一字不差地留在我的记忆里,可见当时的我不知道有多得意,不知道把这下面画了红线的一句话,自我欣赏地看了多少遍。现在想起来,千万不能小看了这句话,不能笑话那个傻傻的我。正是从这次开始,我对作文产生了浓厚的兴趣。每到星期一,我就开始盼着那个两节连在一起的作文课,盼着写作文,更盼着老师能在同学面前读我的作文,想不到小小的虚荣心竟有这样神奇的力量。

再大一点儿的时候,我真的爱上了作文,就连课余时间也会自己想个什么题目写写。写完了不能请老师帮我看,就请爷爷帮我看。后来发现，还是请爷爷帮我看好，他很少会说我写得不好，可是会就我作文里的一些问题向我发问，我不是太笨，知道爷爷提到的那些问题，都是我在作文里没有说清楚的地方，应该改。我就改了再给爷爷看，要是他觉得我改得好，会夸赞我，还会在吃晚饭的时候告诉爸爸。小时候我请爷爷给我改作文，大概是从小学三四年级一直到初中一二年级。那时的情景，什么时候回忆起来都觉得温馨幸福。

一九六二年我上初一，暑假去南京叔叔家玩，晚上看他家墙上的壁虎捉虫子觉得挺有意思，回北京就写了一篇题为《壁虎捉虫》的作文。写好后拿给爷爷看，爷爷说写得不错。后来我又把这篇作文作为暑假作业交给了语文老师，语文老师看了也说不错，还鼓励我去参加当年《北京晚报》正在举办的中学生作文比赛。我把稿子寄了出去，头几个星期还天天注意看晚报，看了几个星期也没见到我的那篇作文，慢慢地就再也不把这事儿放在心上了。

一天下午，《北京晚报》的同志来看爷爷，拿来了这次征文的获奖作品集，一本十六开的小册子，白封皮上印着一行红字，下面的括弧里写明"初选本"。他们说，北京少年儿童的征文活动已经进行过两次了，这是第三次。跟前两次一样，也想从这初选的五十篇中选出二十篇来，编成《北京少年儿童习作选》，他们想请爷爷帮着评改后编辑出版。凡是孩子的事情，爷爷从不推辞，他接受了这个请求。晚报的同志走了，爷爷和爸爸在翻看这本集子的时候看到了我的名字。记得爸爸在看过我的这篇作文后对我说："在上万篇的作文里能选中你这篇写壁虎的作文，看来这位编辑还真有点儿眼光。"爸爸这么说,可不是在夸我的作文写得有多好,只是那个年代是一个讲政治的年代,我的这篇写壁虎的作文在众多的来稿中,确实显得有点儿另类。

过不多久,晚报的同志又来了,他们把选中的准备出书的二十篇稿子交到了爷爷的手里。爷爷看了看,我的那篇作文还在其中,就笑着对他们说,这个叶小沫是我的孙女。那个时候爷爷见客人,我们这些孩子是不能上前打扰的,当时的情景我自然不会知道,现在想起来,晚报的同志们或许会感到有些意外吧。我的作文能被选中,爷爷爸爸还有妈妈都为我高兴,但也只是高兴而已。在接下来的日子里,爷爷非常认真地对每一篇作文进行了修改,还在作文的后面写了评语。爷爷在我的这篇作文的后面写的是:"仔细观察某种东西,把看到的和想到的写下来,这是练习作文的好办法。仔细观察成为习惯,对各方面的学习都有好处,不仅在作文方面,作文方面的好处是显然的,至少可以切合实际,少说空话。"

一九六四年,这二十篇征文选了其中的一篇题为《我和姐姐争冠军》的作文作为书名,由北京出版社出版了。爷爷对这二十篇作文的修改稿被北京语文教育方面的同志拿了去,北京教师进修学院"教师之家"的同志们,用刻蜡板的办法,用黑红两种颜色,记录了爷爷对每篇文章的修改,还把油印的稿子装订成册发给语文老师。当时这本油印的册子,在北京的中小学语文教师中广为流传,是给孩子们修改作文的一个范本。

"文革"后的一九八九年,应北京教育学院之约,开明出版社正式出版了爷爷修改学生作文的文稿,书名为《叶圣陶中小学生作文评改举例》。爸爸为这本书写了序,还在每篇文章的后面,写下了他对这次出版又做过一次修改的说明。对我的那篇《壁虎捉虫》,在爷爷修改后爸爸又修改的地方有三处,我都摘录在这里:

一、原稿第一段中"每晚七、八点钟",第三段中"等着第二只、第三只小虫",两个顿号都删去了,因为念到这儿都用不着停顿。"七"和"八"之间的顿号删去了,读者会不会误认为作"七十八"呢?不会的,如果是"七十八",中间那个"十"字就不能省掉。

二、"壁虎"这个词儿可以指一只壁虎,也可以指所有的壁虎。指一只壁虎,代词用"它",指所有的壁虎,代词用"它们",必须分清楚。原稿第一段末了一句用"它们"代"几只壁虎",这没有错;第三段是就一只壁虎的活动来写的,用"它们"作代词就不合适,所以都改成了"它"。第二段写壁虎的形态和动态,就一只壁虎来说是这样,就所有的壁虎来说也是这样,不用代词比较清楚。

三、原稿第三段写壁虎捉虫的情形,现在修改时分成了三段。一段写它静候小虫自己送到它嘴边来,一段写它主动袭击小虫,一段写它把墙壁上的污点当成了小虫,这样层次就清楚多了。停在墙壁上的"飞虫"都改成了"小虫",免得读者误会小虫还在飞。

从上面对爷爷为我的那篇作文写的评语的摘录,到这里对爸爸为那篇作文做的又一次修改的摘录,可以看出父子两个对于文字的较真,即使是一个标点、一个代词,也都要做到精准无误,对于孩子们的东西他们尚且如此,就用不着再言其他了。父子两个人的朴实、认真和对作者、读者负责任的态度,字里行间处处可见,也已经用不着我再说些什么了。有幸的是,我的这篇只有几百字的小小的作文,因此打上了三代人的印记。

这里好像还可以加上一句的是,我的这篇《壁虎捉虫》,曾经被选进小学三年级的语文课本,文后当然不会署名。在现在的小学课本上,已经看不到这篇作文了。

二〇〇八年　深圳

爷爷给我改文章

一九八一年的四月中旬,作为《中国少年报》的记者,我去河北遵化县采访了写《保护益鸟,不掏鸟窝,不摸鸟蛋》倡议书的十一位同学,写了一篇《让全国的小朋友都知道》的报道。原文一千多字,经删改后成为一篇只有八百多字的短新闻。爷爷知道了,让我把写好的稿子拿给他看看,看过之后,又为我做了细致的修改。

社里的有些同志知道了这件事,想知道爷爷是怎样修改这篇报道的,我想就其中改动较大的几处,谈谈自己的体会。

第二自然段,第一句:

原文:照着信封上的地址,我来到河北省遵化县夏庄子公社马坊岭小学,找到了这十一位"小淘气"。

改后:信是从河北省遵化县寄来的。我按照信封上的地址,来到夏庄子公社的马坊岭小学,找到了陈利副、米景源、王东等十一位同学。

爷爷把原来的一个长句子，分成了两个短句子。把省、县、公社、小学的名称分别放在两个句子里，这样可以避免把地点的名称长长地排列在一起，看了让人生厌，也适合孩子的阅读。

"找到了这十一位'小淘气'"改成"找到了陈利副、米景源、王东等十一位同学"。这个改动很重要，因为在这之前的文章中，没有交代过这些孩子的姓名，在后面叙述事情经过的时候，这些人的姓名又出现了。这里不写清楚，在出现他们名字的时候，读者就会摸不着头脑，不知道这些人名指的是谁。写人名的时候当然用不着把十一个人的名字都列出来，但是这里写到的名字，一定得是在后面的文章中要出现的人物。

我的爷爷叶圣陶

第二自然段，第三句：

原文：说他们淘气，是因为他们都喜欢玩鸟。

改后:他们自己说平时淘气,喜欢玩鸟。

"说他们淘气"和前面一句的"找到了这十一位'小淘气'",这都是我在采访的时候,听他们自己说了之后得出来的结论,用一个采访者的口气过早地写在文章中,这是不合情理的。这一点不光是我,也是不少同志在写新闻稿的时候,常常容易犯的一个毛病。

第八自然段:

原文:"是啊,全国有两万万小朋友,光靠我们保护益鸟,这怎么行呢?"

改后:"是啊,全国的小朋友这么多,光靠我们十一个不管用。"

"全国有两万万小朋友"改成"全国的小朋友这么多",看起来只改掉了一个数字,实际上是为了使这句话更符合孩子的身份和口气。"两万万"这个数字完全是我强加给孩子的,原来是想在这里借孩子的口说出全国孩子的数目之大,却忽略作为农村的孩子,在他们的头脑中根本不可能有这样准确的一个数字。把本不是他们的东西强加在他们头上,这不光不符合实际,明眼人一看就会发现这不真实。

倒数第二自然段中大哥的话:

原文:"你们写份倡议书,寄给《中国少年报》,登在报上……"

改后:"你们写份倡议书,寄给《中国少年报》,倡议书一登出来……"

原文中说话的语气有点大,好像倡议书一寄到报社,报纸上肯定会登出来。改后用"一登出来",说话人的语气就变了,变得倡议书寄到报社有登和不登两种可能,如果登出来，全国的小朋友就都会知道了。改后的语气也更加符合说话人的身份和实际。

除了上面举的几个例子，爷爷在语句和文字上作了修改的地方还很多，这里就不一一述说。看了爷爷为我修改的这篇稿子之后我仔细琢磨，这些句子看上去改动都不太大，纠正的可都不是可改可不改的小问题。这里说说我体会比较深的两点：

一是：在写新闻报道的时候，一定要把时间、地点和人物在适当的时候，用尽可能好的方式交代清楚。交代的时候要注意，一定要依照采访的时间顺序，不能用采访后得出的结论，用采访人的口气，过早地写在采访的过程中。

二是：写新闻报道一定要实事求是，不能为了要达到什么目的，把自己的意志强加给被采访者，也不能写出那些与被采访者年龄、身份不符的对话和思想，否则写出来的东西就不真实，让人不可信。

再读《爷爷给我改文章》

为了编一本爷爷和爸爸教我做编辑的书,我找出好多年前写的一些有关这方面的文字进行整理,又看到了这篇《爷爷给我改文章》。再看一遍爷爷对文章的修改,觉得他改得真好,对那些改动的理解,也比当时还要深了。早年的文字为如今留下了珍贵的记录,更让我想起许多往事。

我是一九七七年中,在《中国少年报》筹备复刊的时候进报社的。大概因为爸爸为孩子写过、编过不少科普读物,报社又正缺科普编辑,于是我这个只有高中文化程度,没有任何专业知识的人,被安排在了知识版。"文革"刚过去,社会上没有大学生,文凭在那个时候也没有像现在这样被看中。所有刚进编辑部的年轻人,都在同一个起跑线上,没有谁很自卑,也没有谁很自负,一切都在当时仅有的几位老同志的帮助下、带领下从头学起。我更是需要碰到什么学科的知识,就翻看什么方面的书:天、地、生、数、理、化,凡是要向孩子介绍的知识我都学。当然都是一些基础知识,实在高深的自己弄不懂的,就去请教专家。那个时候的《中国少年报》每周一期,每期四个版,分别是:新闻、少先队、知识、文艺。编辑部二十几个编辑,每个版面都有两到三个人,新闻版和少先队版的编辑常常要去全国各地采访,人员会多出一两个。还有一个美术组,专为四个版设计版面和画插图,组里也有四五个人,大多是"文革"前就在报社做过美术编辑的老同志。

那时候为了保护孩子的视力,版面用的是四号字,给孩子看的报纸又强调图文并茂,所以每个版每期只发不到两千字的文稿。一个老编辑带着两个新来的同志发这两千字的稿子,现在想起来是多么奢侈的一件事啊。尽管除了发稿,我们还要做大量联系读者和作者的工作,最多的是每信必复,不用的稿子必退。当时《中国少年报》是全国唯一的一份给孩子办的报纸,读者有几百万,来信来稿要用麻袋装,要把复信退稿的事做好,那可真没个头。即使是这样,发稿依然是每个编辑都会把它放在第一位的大事。不用说,就是写豆腐块大的一篇稿子,自己也要反复推敲反复修改,而严格的三审制,让我们这些新手发出去的稿子,常常被枪毙,被打回来重写。

现在想起来,时间相对宽裕,要求相当严格的环境,让我们这些年轻人都很重视学习业务,报社里的业务学习风气很浓。大家都会去看每一期的评报栏,都会在评报栏上写下自己的意见和看法,要是谁写了一篇好的报道,发了一篇好稿子,人人都会向他表示祝贺。讨论和争论发稿中的问题,也是平日里处处可见的情景。报社为了提高大家的业务水平,还组织业务讲座,评选好稿件,编辑业务通讯。在这样的氛围里,新来的同志的进步之快是可以想见的。我的这篇《爷爷给我改文章》,就是在那时写出来的,后来被

登在了报社内部的业务通讯上,供大家用来交流。这事的经过至今还记得很清楚:

一九八一年春天,知识版收到孩子们寄来的一份倡议书。当时已经有科学家呼吁爱护环境保护鸟类了,但是这个风气在全国还没有形成。看到这样的一份倡议书,让我这个分管生物方面的编辑很兴奋,觉得用孩子自己的认识来发起这项有意义的事情,真比大人给孩子讲多少道理的效果都要好。可是这些孩子怎么会想起这么一件事来呢,又为什么要写一份倡议书寄到报社来呢?我怎么也想不明白。于是我向领导提出来,想去看看这些孩子,去听听他们是怎么想怎么说的。领导马上同意了我的建议,还让一位美术编辑和我一起去,说如果情况属实,可以讲的也多,就写一个采访回来,美术编辑一起去,发稿子的时候好配插图。

河北遵化离北京不太远,坐长途汽车大半天就到了。来到村里,看到的小学可有点儿让我们失望。学校孤零零地建在一个小山包上,一排四面透风的平房,窗上的玻璃都不齐,用一些木板条钉着。当时村里好像在放农忙假,孩子都不在学校。老师看到我们感到很意外,不知道我们是为什么来的。我们拿出信给他看,他说孩子是他们学校的,写倡议书和寄信这事他不知道。我们请他帮我们找一找这些孩子,他说这容易,就叫身边的一个学生,去把信上这十一个孩子都叫来。看来一个村子的孩子住得都不远,没多大的工夫孩子们就都到齐了。高的高,矮的矮,灰头土脸地把我们围了一圈。也许是人多势众,孩子们一点儿也不认生,问他们写倡议书的事,你一句我一句说得挺热闹,没用多大工夫采访就完成了。孩子们还带我们看了他们说的那棵老树上的喜鹊窝,和我们一起照了合影,真是个个朴实可爱,当时的情景好像还在眼前。

回到报社,我们把这次采访的经过和领导汇报了。听了我们说的这些情况,他们当即决定要我写一篇采访稿,放在下一期的头版头条上。知识版是向孩子普及科学知识的,稿子新闻性不强,因此一年之中很少能上头版。真高兴领导也觉得这个事是大事,应该在孩子中宣传和提倡,给了我们这样一个机会。我趁着和孩子们聊天时的热乎劲,把当时的情景记录了下来。

下班回家,饭桌上全家人聊天的时候,我自然会讲起这次去遵化采访孩子的经过,还说了领导要我写报道,准备放在头版头条上的事。爷爷一向喜欢听我们给他讲讲各自工作上的事情,知道我这次去的是农村,采访的是孩子,问得就格外仔细。吃完饭后还问我,写的稿子带没带在身边,他要看一看。我说在,赶忙从书包里拿出稿子送到他的卧室里。以往爷爷吃过晚饭,接下来的事情是洗脸漱口。那天例外,他已经坐在桌子旁边等我了。稿子铺开,爷爷用他的红钢笔一边看一边改。我像小时候一样,站在他的身边,看他怎样下笔,琢磨他所以要改的道理。爷爷给我改稿子,这不是第一次,但好像是最后一次了。

我上小学和初中的时候喜欢写作文,那时候爸爸整天上班,爷爷下午会在家里改全国中小学生的课本。我写好了稿子就会拿去给爷爷看,爷爷从没有拒绝过厌烦过,每次都放下手里的活,先看我的作文。作文都不长,最多一千字。他一边念一边改,碰到不通顺的地方和没有说清楚的意思,他会向我发问。其中的不少地方,经他指出来,错得连我自己都觉得好笑。他还喜欢在我写的好句子后面画圈,一个圈的时候多,也有两个圈的时候,最多的时候会有三个圈。这个时候我笑他也笑，开心极了。一家人吃晚饭的时候，爷爷偶尔也会和爸爸讲起我的作文，说我当天写的一篇作文，什么意思想得还不错。爷爷给我改过的稿子我订成一个本，常常会拿出来看看，琢磨他是怎么改动的。没有目的，只是觉得很有意思，可惜这个本子没有保存下来。我就是在这样的环境里学习写作文的，这一定让许多人羡慕不已，可是这在我家里是再平常不过的事了，平常得让我不懂得去珍惜。

这篇《让全国的小朋友都知道》的稿子，在一九八一年四月二十二日的《中国少年报》的头版上登出来了，同时登出来的还有孩子们写的倡议书。一同去的美术编辑因为看到了这些可爱的孩子也来了灵感，为版面画了很好的报头。看来这篇孩子倡议保护益鸟的报道，还是有一点分量的，当天中央人民广播电台《新闻联播》的报摘节目中，用一句话播报了这篇报道的简介。一张孩子的报纸能上《新闻联播》，这样的事在报社有，但不是太多，因此这篇报道也受到了同志们的好评。在大家知道了这稿子是经我爷爷的手改过的，一定要我说说他是怎么改的，于是就有了这篇《爷爷给我改文章》。时间过得快，仿佛昨天的事，可已经过去二十几年了。这二十几年里，说不明白是怎么回事，我写得越来越少，也再没有请爷爷帮我改过文章。仔细想想，这好像是唯一一篇写爷爷给我改文章的心得，就显得尤其珍贵了。现在看来，这篇心得虽然不长，还是写出了一点道理，起码能让我和当时的同志们，从中学到了一些写新闻采访时必须要遵循的基本原则，就是如今的记者去采访，爷爷指出的这些问题，还是应该注意的。我还想，如果我能坚持这样每次写了东西都请爷爷看，爷爷过世后请爸爸看，然后写一写看了他们改后的心得，我的文字一定会比现在写得有点儿样子。

去年我退休了,在这之前我经历了报刊业的大发展大变革。全国各省都有了自己的少年报,《中国少年报》一统天下的日子一去不复返了。就是《中国少年报》自身,也从一张报纸变成了分年龄段的四张报纸:《中国儿童画报》《中国儿童报》《中国少年报》《中国中学生报》;版面从四个版扩展到了八个版,听说还要扩展到十六个版。我有些担心,且不说这十六个版的内容是否能版版精彩,就已经被学习压得喘不过气的孩子来说,有时间看这样厚厚的一叠报纸吗?至于编辑们的忙碌,就更是可想而知了。现在的编辑,一个人要负责一个甚至几个版,真是发着这一期想着下一期,春天还没过就想夏天的选题,还要时时惦记着怎么保住和增加发行量。在这样的一个环境下面,别说是稿子见了报之后写个心得,就是连回过头去静下心来想一想的时间都没有。当年那种字斟句酌钻研业务的风气,是再也难得看见了。其实我真是杞人忧天,好的文章不是照样在出现吗?好的报道不是在起着当年都起不到的号召力和震撼力吗?可是不知为什么,想起过去报社那些手把手教我们做编辑的老同志,想起和我一起为办好报纸努力工作过的同志们,我依然免不了有一些怀念。

二〇〇八年四月十七日　深圳

爷爷教我们写信

爸爸妈妈一直和爷爷一起生活,我和弟弟永和也就从小没有离开过爷爷。"文革"开始后,情形起了变化。我是高中生,一九六六年底到了黑龙江的依兰,当了黑龙江生产建设兵团的一名战士。说是兵团战士,实际上是农垦工人。一九六八年初,才念初一的永和去陕北延长插队,当上了插队知识青年;同年五月,爸爸去了河南潢川的干校,走上了"五七"道路。从此一家人南北东西,互通消息全靠写信。我和永和给爷爷写信,都是从离开家以后开始的。那个时期,爷爷成了家里通信网的中心,他要给我爸爸写信,给在南京也在参加劳动的叔叔写信,还要分别给我和永和写信,传递相互间的有关消息。

今年年初,爸爸编《叶圣陶集》快编到第二十五卷了。他对我和永和说,这是最后一卷了,末了这卷得有一集家书,问我们可否保留着爷爷写给我们的信。我们两个赶忙翻箱倒柜,居然都找到了,虽然不是全部,可是每个人也都有个二三十封。最有意思的是,永和还留着在一九六八年

二月十四日爷爷写给他的第一封信,信的开头说:

小弟:

昨天收到你第二封信,写叙途中所历,生产队地方情形,以及你心中的所想所感,都比较具体,很好。以后写信就照这样写。我曾经给你说过,写信要为接信的人着想,只要料想接信的人乐于知道什么,就绝不漏掉什么,接信的人一定会感到很满意。当然,写信的人有什么思想、感情、经验、体会,要让接信的人知道的,也非写上不可。彼此分两地,而心思相通,好像住在一块儿一样,不就是靠彼此很好的通信吗?

爷爷和我

接到信就赶紧复,这是爷爷的习惯,他做事就喜欢利

爷爷教我们写信

索。永和的第一封信是才到延长写的,还没分配到队上,爷爷要复也办不到,第二封信上有了具体的地址,爷爷十三日晚上看到永和的信,十四日上午就给他回信。爷爷很称赞永和的这两封信,特别指出了好在哪儿,叮嘱他"以后写信就照这样写"。接着,爷爷又重说了一遍"写信要为接信的人着想"的老话。说是老话,是因为这话爷爷也跟我说过好多遍了,要求看起来挺简单,我却常常做不到。上一封信上说我生病了,下一封信上就忘了说我的病已经好了,惹得一家人都为我担心。有一回,连里调我去职工子弟小学当教员,我信上只提了一句要调我去当教员了,别的什么也没有说。爷爷马上来信问我:你去的是什么学校,教的什么课程;又问我需要什么参考书,他好设法帮我找。爷爷时时处处关怀着我们晚辈,这我不是不知道,可是临到写信,就忘了仔细想想他要知道的都是些什么事了,只管自己痛快,想到什么就说什么。爷爷在信上跟永和说:"彼此分两地,而心思相通,好像住在一块儿一样,不就是靠彼此很好的通信吗?"光"通信"是不够的,爷爷这里还强调要"很好的通信",还得写信的双方都"为接信的人着想,只要料想接信的人乐于知道什么,就绝不漏掉什么",如果有一方没能切实做到这一点,彼此"心思相通"就会大打折扣。

爷爷好像做示范似的,写完了这一段,就把家里的近况扼要地写在了下面,一个人也没有漏掉。永和小小年纪,十六岁就骤然离开了家,又眼看着就要到春节了,爷爷料想他一定会想念家里的。"为接信的人着想",在爷爷已经是习惯了,即使是给不认识的人复信,他也是这样做的。在给永和的这封信的最后,爷爷还给永和指出他用错了一个短语"一言难尽"。爷爷说:

你的第一封信里说路上的情形一言难尽,我们看信的时候都心里一动。你妈妈说出来了,以为你在路上遇到了什么不如意的事。我当时料想,你用这个"一言难尽",不过是所见所想很多,一两句说不完的意思,并非遇到了什么不如意的事。小妹与你姑母也同样看法。待看到你的第二封信,果然我们料想得不错。

说话或写文章,有的语句带有感情色彩,有些语句不带。"一言难尽"就是带有感情色彩的。如:"我这回吃的苦,真是一言难尽。""想起从前,给地主老财当牛马,受屈受气,一言难尽。"这样的说法是通用的。所以说"一言难尽",带有厌恶、痛恨之类的感情色彩。这无怪乎我们看见你信上写"一言难尽",都要心里一动了。

这两段话层次分明,前一段说由于永和用错了"一言难尽"这个短语,引起了家里人的不安,"都心里一动";在后一段里,爷爷给永和说明他这个"一言难尽"为什么用得不对。爷爷在信上说得比较简略,没有一句责怪的话。我想永和当时看了,一定会感到他在无意之间闯了祸,让大家为他担心了。

爷爷看我们写给他的信,就像一位认真的语文老师评改作文一样,看到写得好的地方,他一定会称赞,发现错误,他一定会指出。我经常写错别字,爷爷每次看信,都会一一挑出来,写在旧台历的后面,回信的时候附给我,好让我今后留意:

"目地"写错了三回。这是最普通的字,只要留心,就不至于错。这些都是"音近而误",写了无论什么东西,自己检查一遍是个好习惯。

爷爷教我们写信

爷爷的这六十来个字说了三层意思：一、指出我常写错别字，毛病就在于自己不留心。二、归纳出我的错别字都是"音近而误"，好叫我在这方面特别留心。三、叮嘱我要养成写完之后自己检查一遍的好习惯。

一九七〇年三月十八日爷爷在写给我的信中，有一段话专讲写错字的问题：

> ……写错一个字，没多大关系，何况看信的对方也能理会意思，似乎写错和不写错一样。但是我以为，写错了字叫对方去琢磨，叫对方多动脑筋，这不好。万一对方看不出来，意思模糊了或弄错了，这更不好。所以无论写信或写旁的东西，字总要写"准"，这也是一个有群众观点的问题。

把字写"准"，是一个有关群众观点的问题。把句子写通顺，把文章写明白，当然更属于群众观点的问题了。"写信要为接信的人着想"，又何尝不是群众观点的问题呢？常常有人问我，爷爷是怎样教育我们的，我很难用几句简要的话来概括。我可以告诉大家的一点是，爷爷总是从群众观点着眼，经常就我们的行为，很具体很耐心地跟我们讲，这样做不好，那样做就对了。其中很多很多的事情，在别人看来也许是根本不值一提的小事，爷爷都会像看见我们用错了一个词，写了错别字这样，不厌其烦地给我们指出来。爷爷是要我们养成随时都注意的习惯，把群众观点贯穿到日常的工作和生活中去。

写于一九九四年八月

处处为别人着想的爷爷

一九九四年下半年,《语文学习》准备在十月号上发一组文章纪念爷爷诞辰一百周年。他们当然不会放过爸爸,约爸爸写一篇纪念性的文章,内容由他自己定。爸爸那时候在做二十六卷《叶圣陶集》的编辑收尾工作,实在没有时间。他对我说:"小妹,你来写一篇吧。"

我很少写文章,要写有关爷爷的纪念文章,更觉得题目太大,一时间不知道从哪里说起,觉得非常为难。爸爸说:"有什么好怕的,前些时候你们给我看的爷爷给你们的信,里面就有很多可以说说的事情呢。"于是我就照爸爸说的,把爷爷给我和永和的信拿出来,从头到尾看了一遍,又和爸爸商量,觉得其中爷爷指导我们怎样写信,要注意不写错别字的这些意思,比较适合写给《语文学习》的读者,就决定写这个内容了。爸爸又教我,写的时候要注意,要把文章的意思落在爷爷一直提倡的做事要有群众观点上。有了爸爸这样具体的指点,看上去是个很大的题目,一下子变得又平常又具体,写起来就容易多了。我写好之后,照例要拿给爸爸看,爸爸改动的地方不是很多,可是要说的意思经他一改就清楚多了。我把改好的稿子抄好后寄给了杂志社。十月份,文章以我的署名发表了。如今再看这篇文章,又想起爸爸说的爷爷一直提倡的"群众观点",又想起了平日做什么事都为别人着想的爷爷。

还在我们很小的时候,爷爷就教我们:在递给别人刀子的时候,要把刀柄对着对方,为的是让对方好接手;在放餐桌上的碗筷的时候,筷子要放在碟子的右面,调羹的把要一顺向右,为的是让用餐的人拿起来顺手;在公共场所,在有人休息和谈话的地方,走路的脚步要放轻,关门的动作要放轻,放东西的声音要轻,为的是不影响人家。为了这些习惯的养成,爷爷一遍一遍地训练我们。我不长记性,着急出去玩就什么都忘了,把门重重地一甩,为此不止一次被爷爷叫回来,让我把门打开重新关一次;我做事鲁莽,搬了椅子常常会重重地一放,为此不止一次被爷爷捉住,让我把椅子搬起来重放……爷爷的老朋友多,聚会前爷爷会在茶杯上分别贴好他写的小方签,上面是每个人名字中的一个字,为的是方便客人寻找自己用的茶杯……我们长大会写信了,爷爷告诉我们,写信的时候一定要为接信的人着想,接信人想知道的一定不要漏掉;写信封的时候收信人的地址和姓名一定要写清楚,为的是方便邮递员投递……后来我当了编辑,爷爷告诉我,写文章一定要为读者着想,句子要通顺,意思要明白;抄写稿子的时候一定要为排字工人着想,字要写得清楚,不要叫别人去猜想;稿子发表了要为作者着想,尽快寄样书样报,尽快寄稿费,作者等着看呢……

爷爷教给我们为别人着想的事情还有很多，这些看起来平常的小事，在爷爷看来都不小，他那样一遍又一遍地告诫我们，是希望在我们的心中，真正树立起在他看来是非常重要的"群众观点"，是要我们养成做什么事都要想到为别人着想的习惯。爷爷在许多谈到有关教育这个问题的文章中都反复强调，教育就是要培养好的习惯。

早在一九四一年，他在《如果我当教师》一文中写道："我想'教育'这个词儿，往精深的方面说，一些专家可以写成巨大的著作，可是就粗浅方面说，'养成好习惯'一句话也就说明了它的含义。无论怎样好的行为，如果只表演一两回，而不能终身以之，那是扮戏；无论怎样有价值的知识，如果只挂在口头说说，而不能彻底消化，举一反三，那是语言的游戏；都必须化为习惯，才可以一辈子受用。养成小朋友的好习惯，我将从最细微最切近的事物入手；但硬是要养成，决不马虎了事。"为别人着想，是爷爷许多好习惯中的一个，用他自己的话说，已经是"习惯成自然"了，使他一辈子受益。对于我们这些晚辈的教育，爷爷更是像当年写下的誓言那样："养成小朋友的好习惯，我将从最细微最切近的事物入手；但硬是要养成，决不马虎了事。"

二〇〇八年四月二十四　深圳

爷爷赠给我们的诗

一九七五年年底,我和周湧准备结婚,请爷爷写一张字给我们作纪念。爷爷爽快地答应说:"你们要,我就写。"又问我写些什么。我说:"写两句鼓励的话吧,什么都成。"

那一天下班回家,妈妈对我说:"爷爷给你们的字写好了,费了半天工夫呐,字写得真漂亮,句子还是特意为你们作的。"我赶紧走到爷爷房里,看见那张写好的字就放在他的床上。爷爷对我说:"句子想得不很好,你们拿去看看吧。"

爷爷给我们写的是四首七绝,字极其工整。诗是这样写的:

湧沫成婚索我诗,第言喜庆计非宜。年来枕上思曾及,说与同听希酌之。

古人结发两恩爱,今日相称曰爱人。所爱维何奚以爱,二人宜可细商论。

爷爷写给我们的诗

工人阶级无兼集,私欲偏心故不萌。但愿永操高志概,莫教局限小家庭。

千群万众着先鞭,此后堂堂五五年。为瓦为砖惟扎实,伫看尔辈作中坚。

看着爷爷写给我们的诗,我和周涌高兴极了,反反复复看了好几遍,碰到弄不懂的句子去请教了爸爸,这才把爷爷在诗里写给我们的意思弄明白了。我们理解这四首七绝的大意是这样的:

周涌和小沫要结婚了,要我为他们写几句诗。光说些庆贺的话好像不合适,就把近些年来躺在床上想到的说给你们听听,希望你们也想一想。

古人说两个人结了婚要互相恩爱,如今结了婚以爱人相称。爱情靠什么来维系,怎样才能做到真正的相爱,你们两个可以仔细地讨论讨论。

工人阶级没有生产资料，又在从事大集体生产，因而不容易萌生私心和偏见。但愿你们能永远保持这样高的思想境界，切不要把自己局限在自己的小家庭里。（当时我和周湧都是工人）

千万群众都在争先向前，从今年到公元两千年是伟大的二十五年。当一块砖，当一块瓦，都要扎扎实实地干，我希望看到你们能成为社会的中坚。

爷爷写这四首绝句，还是"四人帮"横行豺狼当道的时候。"十年浩劫"耽误了整整一代青年人。当时，有的青年在为祖国的前景担忧，有的青年在为自己的前途彷徨，也有不少青年受了种种影响，沉湎于自己的小家庭。爷爷正是看到了这些，才把他的忧虑、他的希望，写下来告诫我们，激励我们。他的用心我们是能体会得到的。

我们把这张字放在一个大镜框里，挂在我们俩睡觉的床头，为的是抬头就可以看见它。一晃五年过去了，我们这个小家庭也跟祖国一样有了非常大的变化。打倒"四人帮"的那一年，党和政府给了我们这些没有能上大学读书的人一次机会。周湧考上了清华大学化工系材料专业，我因为下乡在黑龙江的四年多里，患上了严重的关节炎，体检后没有被大学录取。后来在《中国少年报》复刊的时候，进报社做了一名编辑。爷爷做了一辈子编辑工作，爸爸也干了三十多年了，现在还在干。这个工作虽然辛苦，但是他们还是希望后辈中有人接他们的班。爷爷常常问起我在《中国少年报》的工作情况，更关心报社的发展。听我说报纸发行到了一千多万份，就郑重地关照我说："印数这样大，对孩子的影响就更大了。编辑工作一定要极端认真,每一篇、每一句、每个字、每个标点,都要放到天平上去称一称,看看够不够分量。"

结婚的第二年,我和周湧就添了个胖小子。周湧上大学学习挺紧张,我的工作也很忙,没有时间带孩子、料理家务,我们就把孩子送进了幼儿园。逢到星期天,我们一家三口才能团聚,可是我们觉得这个小家庭挺温暖挺幸福。

如今社会风气变了,一心扑到工作和学习上的青年越来越多,但是婚姻和家庭对青年朋友来说,仍然是个非常现实的问题,所以我们愿意把爷爷写给我们的四首绝句拿出来,也给大家看看。

一九八一年三月　北京

爷爷教我们做人做事

爷爷一生都在从事与教育有关的工作,都在关心着教育事业的发展,我们这些做孙辈的,更是这些主张最直接的受益者。我愿意跟大家说说爷爷是怎么教我们做人和做事的,说说多年来我们的一些切身感受,作为对爷爷的回忆和纪念。

早在一九三〇年,爷爷在《做了父亲》这篇文章中写道:

> 以前曾经担过忧虑,因为自家是小学教员出身,知道小学的情形比较清楚,以为像个模样的小学太少了,儿女达到入学年龄的时候将无处可送。现在儿女三个都进了学校,学校也不见特别好,但是我毫不存勉强迁就的意思。
>
> 一定要有理想的小学才把儿女送去,这无异看儿女作特别珍贵特别柔弱的花草,所以要保藏在装着暖气管的玻璃花房里。特别珍贵么,除了有些国家的华

胄贵族,谁也不肯对儿女做这样的夸大口吻。特别柔弱么,那又是心所不甘,要抵挡得风雨,经历得霜雪,这才可喜。——我现在做这样想,自笑以前的忧虑殊属无谓。

原来我们以为,只有如今的父母才会为儿女的入学担忧。为了能让他们上一个好的幼儿园、小学、中学、大学,做父母的伤透了脑筋,搞得筋疲力尽。看了这段文字我才知道,在爷爷做父亲的时候,儿女的入学的问题也曾困扰过他。与大多数做父母不同的是,在爷爷想清楚应该如何对待这件事情之后,就把自己的儿女送进了普通的学校。他的三个儿女不仅没有上好的小学,好的中学,爸爸和叔叔连大学的门也没有进过,但是他们从小生活在爷爷身边,都从他那里学到了一辈子自学的理念,在干中学,在学中干,个个都算得上优秀,个个都成了爷爷所希望的对社会有用的人。

爷爷的这些想法在我们父辈的心里也扎了根,爸爸妈妈好像不曾为我们的入学烦恼过。爷爷那时候在教育部和人教社任职,部里和社里有几所像北京景山学校这样的试点小学和中学。可我们兄妹几个上的都是离家最近的小学,没有到那些名校去读书。记得那时候的入学年龄是七岁,报名日期截止到八月三十一日,而我刚好生在九月十六日,只能延迟一年上学。本来个子就高大的我,不得不又在幼儿园里晃了一年。只因为晚生了十六天,就要耽搁一年的学习,这让妈妈有点儿不甘心。她私下里跟爸爸念叨:爹爹还是教育部的副部长呢,自己的孙女上个小学都不能通融一下。爸爸不说话，只是笑笑。

在我们兄妹几个成长的过程中，爷爷爸爸从来都没有规定过我们必须看什么书，背什么文章；没有要求我们的成绩一定要排在班上的第几名，一定要考上什么初中、什么高中；也没有要求我们一定要学会哪种技能；更没有为什么事情非常严厉地批评过我们。相对成绩来说，他们更愿意听我们说说发生在身边和学校里的事情，我们正在参加的那些活动，正在看的课外书、看的电影。谈话期间他们提出的一个个问题和建议，会引导我们多看、多想、多实践。

小学六年级的暑假，我和表姐一起到南京的叔叔家里去玩，那是我们第一次离开大人结伴远行。从南京回来爷爷问我：知不知道我们坐的是哪条火车线上的火车；先后经过了什么省份、什么城市；有没有发现南方土地的颜色和北方的不同；北方地里种的什么，南方地里种的什么，庄稼长得好不好；有没有看见什么可以记下来的人和事，还说如果写出来他很愿意看一看。那时候我只当是爷爷在和我聊天，现在想想他是在给我上地理课，非常生动也非常深刻。

想想当年爷爷爸爸是怎么对待我们的，再看看现在很累、很苦，被升学压得喘不过气来的孩子们，我很庆幸自己能有一个快乐的、无拘无束的、自由的童年。因为种种原因，我们兄妹几个也都没有能上大学。而爷爷说的：上大学是成才的一条道路，可不是唯一的道路。……不进大学，要是自己肯学，自己会学，同样可以成才。所谓成才，就咱们这个社会的标准来说，就是成为一个对社会主义建设有用的人……这些话，我们一直牢记在心，成为一个对社会主义建设有用的人，也始终是我们的理想和追求。

早在一九四一年,爷爷在《如果我当教师》这篇文章中说:

> 我将特别注意,养成小朋友的好习惯。我想"教育"这个词儿,往精深的方面说,一些专家可以写成巨大的著作,可是就粗浅方面说,"养成好习惯"一句话也就说明了它的含义。……养成小朋友的好习惯,我将从最细微最切近的事物入手;但硬是要养成,决不马虎了事。譬如门窗的开关,我要教他们轻轻的,"砰"的一声固然要不得,足以扰动人家心思的"咿呀"声也不宜发出;直到他们随时随地开关门窗总是轻轻的,才认为一种好习惯养成了。……

每次看到这段文字,我们的感触都特别深,因为小的时候爷爷正是这样教我们的。孩子毕竟是孩子,即使爷爷给我们讲过,为了不打扰别人,搬东西要轻拿轻放,关门要不发出声音,我们还是常常会把这些道理忘在脑后。我曾几次被爷爷叫住,要我把椅子搬起来重放,把门开开来重关,反复练习,直到养成了习惯。弟弟永和小的时候,有一次着急出去随手一甩,西屋的门在身后"砰"的一声关上了。他觉得大事不好,赶忙往北屋跑,想到姑奶奶那里去躲过"这一劫"。没想这一跑反而惹怒了爷爷,他硬是追到北屋,揪着耳朵把弟弟拽了回来,让他重新关门。这是弟弟唯一一次被爷爷揪耳朵,从那儿往后他就是再着急,也不会随手甩门了。这真应了爷爷早年说的:养成小朋友的好习惯,我将从最细微最切近的事物入手;但硬是要养成,决不马虎了事。我们的有些好习惯,正是在爷爷不厌其烦的督促下养成的,至今受益匪浅。

爷爷严于律己,从小养成了很多好习惯。比如:每做一件事,只要开了头就一定坚持到底。他十六岁开始写日记,天天写,一直写了七十八年。他做事认真,小到开个信封、写个便条,大到读书、写文章、讲话,时时处处都如此,绝不马虎。他喜欢整洁,无论什么时候穿戴都清爽利落,办公桌面总是那么干净整齐,经常要用的东西都有归宿,一拿就到手,不用找来找去。他做事的时候总会为别人着想:把刀剪递给人家的时候,一定让手柄向着对方,为的是让人家好接;抄稿子的时候字写得一笔一画清清楚楚,为的是不让排字工人费力去猜;在公共场合不大声喧哗,为的是不影响别人的工作和生活……

这样的例子我可以说出很多很多。这里就说说爷爷对我们影响很大的一个习惯——遵守时间。爷爷的时间观念很强,每天睡觉、起床、吃饭、工作都有一定的时间,这让我们从小就知道爷爷这会儿在做什么,也让全家人做事有了时间依据。爷爷凡约见朋友和来访者,他都会比预定时间早十几分钟到客厅等候;凡去开会参加活动,他都会提前十几分钟到场,绝不迟到。记得文化大革命刚结束那年,国务院请爷爷到人民大会堂去开一个大会。那时候爷爷的用车还没有恢复,他早早穿戴整齐,到外屋等候汽车来接。可能是当时要派车去接的人不少,调度出了问题,车久等不来。为了节省时间,爷爷走出大门站在门口,准备车一到上去就走。可直到大会马上就要开始了,车还没有来。大会秘书处接二连三地来电话催问,家里人都急得团团转,没想爷爷转身从门口回到屋里,平静地说:就是车来了我也不会去了。大会开始以后入场,是对大会召集人的不尊重,还会干扰其他正在听会的同志。他还让我们打电话告诉秘书处,说明他不能到会的缘由,请他们不要再派车来接了。这件事给我的印象太深了,至今也忘不掉。

爷爷遵守时间的习惯一直影响着爸爸。在爸爸的晚年,我常常陪他去开会,陪他一起见客人。和爷爷一样,爸爸开会不迟到,约好要见客人,会早早儿地坐在那里等候。如今,父辈的这个好习惯也传给了我们,遵守时间在我们已经成了顺理成章的事情。爷爷说过:"在各项教育里,家庭教育是最初最基本的一项。家庭教育是基础,基础打得好不好,跟以后各项教育的效果大有关系。因此,家庭教育绝对不容忽视。"从我们一生下来,爷爷就在有意识地对我们进行着家庭教育,而我们却在无意识中、在不知不觉中,潜移默化地受到了教益,并影响着我们的一生。

我们觉得,在爷爷从事教育工作的这几十年里,他的那些最基本的教育主张从来没有改变。对这些看上去很简单很朴实的道理,他始终坚持不懈,不只是在嘴上说,在纸上写,号召别人去实行,自己更是先行者和实践者。爷爷在不同的场合和文章中都引用过"有诸己而后求诸人"这句老话。按我的理解这句话是说:无论什么事情,应该自己先做到,然后才能要求别人也做到。在我的眼里,身为教育工作者的爷爷正是这样的人。我想:这就是人们把他称为教育家,尊重他的原因吧。

二〇一〇年十月二十九日

爷爷教我做老师

一九六七年十二月八日,作为"文革"开始后的第一批上山下乡知识青年,我和来自北大附中、北航附中、农大附中、清华园中学的九十几名中学生一起坐上了北去的列车,开始了我的"北大荒"生活。

我们初到黑龙江依兰农场的时候,九十几个学生被分到农场的各个生产队,我和十一个来自不同学校的伙伴被分到第四队当农业工人。队里有六七十户老职工,有些是退伍的老战士,有些是当地的坐地户,还有些是山东人,是建国前从山东闯关东来到北大荒的。每天我们都和老职工一起出工收工,他们手把手地教我们干所有的农活。大田:播种、收割、晾晒、装麻袋、入库;后勤:养牲畜、烧砖、盖房子、赶大车、上山砍条子、进深山伐木……下乡几年,每个人都成了多面手。

知识青年毕竟有知识的优势,没过多久我们中的一些人就被分配去当了生产队的会计、卫生所的卫生员、小卖店的售货员……我就做过一年的教师,这经历让我难忘,更难忘的是在我当教师的时候,爷爷给我的指导和帮助。我至今保存着在北大荒的时候爷爷写给我的二十几封信,在其中的几封里,爷爷教我应该怎么做一个教师。信写得具体又恳切,现在拿出来看看,引起了我对当年的许多回忆和对他老人家的深深敬意。

在我们到第四生产队之前,队里没有小学,职工的孩子们都要到附近公社的小学去读书。生产队的周围是一马平川,孩子们去读书用不着翻山越岭,走路也不过二三十分钟,可是夏天会遇上刮风下雨,冬天会遇上下雪刮大烟泡,孩子们的安全还是叫家长们揪心。我们到北大荒的第二年秋冬,生产队决定建一所小学,让队里的孩子们在自己的小学里读书。

秋收后大田的活忙完了,我在的农工四小队就开始动工建学校了。生产队的老职工里有不少是多面手,他们放下锄头拿起瓦刀和抹铲,领着我们当起了泥瓦匠。挖地基、垒大墙、上梁、封顶,花了三四个月的时间,一排四间教室的小学校就盖得了。从校门的甬道进去,左手两间,右手两间,虽说简单,可大大方方,崭新的红砖红瓦房,算得上是生产队最好的建筑了。队里的老住户,哪家没有孩子啊,建一所好的小学是老职工们多年的愿望了。

学校建在了离生产队队部很近的东边的一个小山包上,穿过一片落叶松林,再走上三五分钟就到了。校舍周围没有任何建筑,上课的时候安安静静,是个读书的好地方;下课的时候宽宽敞敞,是个活动的好地方。站在学校的操场上,抬头望,是高高的蓝天,看不到尽头;往远望,广阔的平原,看不到边际,这会让站天地之间的人感到自己的渺小。我常常会独自站在那儿,抬头仰望天空,放眼极目田野,心旷神怡间觉得自己小得就像一只蚂蚁。

让我没有想到的是,秋季开学前生产队长找我谈话,要我去新建的小学教书。记得小时候我对教师又崇拜又羡慕,觉得没有哪个人不是老师教出来的,梦想着长大了一定要当教师。现在真的要当教师了,一脸的兴奋掩饰不住。我马上写信把这个消息告诉了爷爷和爸爸妈妈。信上说:"也许真是找到自己的归宿了吧。"

我教的是复式班,七八个二年级的孩子和六七个五年级的孩子同在一个课堂上课。开学的那天,我站在孩子面前,看着十多双天真期待的大眼睛,真的是有些语无伦次和不知所措了,连自己都不知道这一堂课是怎么上下来的。那时候我二十刚出头,高中没有毕业,也没经过任何培训,就这么走上了课堂,心里老在想的是怎么讲课,怎么在一堂课里安排两个不同年级孩子的教学。

开学没几天,我接到了爷爷给我写的一封长长的回信。

一九六九年九月五日

小沫:

你上月廿九写的信,昨天接到,信在路上六天。

领导要你担任教师,你答应下来了,我们赞同你的答应。你说当教师"也许真是找到自己的归宿了吧",我以为"归宿"可不能说。可能将来领导通盘考虑,又要派你做旁的工作,你不能说你的归宿是当教师,因而不想去。你说"变中有不变,就是接受贫下中农再教育不变,为人民服务不变,做好工作的决心不变",这个话说得非常好——不是说得好,是想得对,认识得正确,我们极端赞同你这个认识。坚持这个认识,认认真真实践,那么,长大当教师也好,再调旁的工作也好,你同样可以干得扎扎实实,一步一个脚印。

当教师,做教育工作,关于培养什么样的人的问题是最基本的,要记住并贯彻毛主席的两条,就是"我们的教育方针……成为有社会主义觉悟的有文化的劳动者"一条,"教育必须为无产阶级政治服务……"一条。前一条是一九五七年说的,后一条是一九五八年说的,"文化大革命"以前未能普遍贯彻,现在自然要认真贯彻。

我有一个说法,叫做"教是为了做到不用教"。说得详细些,大致如下:老师给学生讲道理,传授知识技能,这就是"教"。学生明白了道理,自己能运用懂得的道理去应付事物了,这就不用再教了。关于知识技能,也是这样。打个比喻。"教"好比牵着小孩的手带他走路。他开头不会走,故而要牵着他的手带他走,目的在于他自己能够走。待他自己能够走了,就把手放了,这就是"做到不用教"了。教师有这样的思想,他的"教"才是活的。教师如果存着另外的思想,以为我是教师就该永远"教"下去,这就是"死"的了,他的学生必然永远处于被动地位,学不到什么真东西。从前的老师,"死"教的很多,一星期又一星期,一学年又一学年,除了哇啦哇啦讲一通再没别的事,真是岂有此理。这样的教师,你只要回顾过去想一想,一定可以想出好些个。你一定不要做那样的教师。

关于思想政治方面,固然要用嘴来讲,这就是"言教",但是"不言之教"的"身教"更更要。这个道理很容易明白。你要叫学生守纪律,除了精要地讲几回而外,你自己时时处处守纪律是最为深入的"教"。就是知识技能方面,也不能单凭空口"教",使学生脱离实际,能说不能做。当个小学老师,大概总要和学生一起下地劳动。要学生劳动好,老师自己首先要劳动好,"身教"才能在学生身上起作用。你说对不对?

学校的情形怎样,下次来信,比较详细地说说。

圣陶　九月五日下午四点半

接到信马上复信是爷爷的习惯,他在接到我的信的第二天就给我写了回信,信里写了两层意思。一层是,不要认定教师就是你的归宿,只要有做好工作的决心,当教师也好,再调旁的工作也好,同样可以干得扎扎实实。这话还真让他老人家说着了。我原以为自己这辈子就当教师了,没想到只干了短短的一年,后来因为身体原因不能坚持上课,被调到新建的鸡场去养鸡了。有了爷爷信上说的那些话,我没有太多的不愉快,养鸡也干得挺投入。

在接下来的信里,爷爷说的就全是关于如何做教师的事了。一是,当教师,做教育工作,培养什么样的人的问题是最基本的。二是,做教师要有"教是为了做到不用教"的思想,那样的"教"才是活的。三是,当教师身教重于言教。说实话,在接到爷爷的信之前,我还一直沉浸在初当老师的兴奋和不知道如何安排教学的不安中,爷爷信上说到的有关教育的目的，教育的方法，教师的修养，所有这些我想都没有想过。我捧着信看了又看，想记住他说的那些话。

我知道爷爷最初的职业就是教师，虽说后来当了编辑，但是为青少年办杂志，为孩子们编课本，始终没有离开过教育这一行。爷爷是个做事极其认真的人，为了做好教师这个工作，他一辈子都在思考，都在总结，直到晚年也没有停止。他在这封信中一笔一画写给我的，正是他多年来总结出的关于教育的最基本最重要的道理，希望能帮到我，使我成为一个有着明确的目标，知道该如何去做的小学教师。爷爷的话说得清楚、具体又浅显，实际却包含着很深刻的道理，对刚刚做教师的我来说真及时。现在回想起来，那时候我看明白的只是信的内容，对其中的道理不过是一知半解。我是个听话的孩子，很想努力按照爷爷信上说的去做，但是在匆匆忙忙的教学中，常常会把这些话忘到脑后。一年多的教师经历很快就过去了，爷爷说的这些，我在教学的过程中实践了多少，收获了多少，现在已经记不起来了。

爷爷可把我当教师这件事情放在了心上，在以后给我的信里，常常会问起学校里的情况。

一九六九年十月二十二日

小沫：

　　昨天看到你的来信，很高兴。你那个学校叫什么名字，是不是小学戴帽子办初中班，你一直不曾说起，下次来信希望你说明白。还有，你当老师的情况，信里没有说，我很乐于知道，下次来信也望你说一些。

从爷爷的这几句话里就可以看出来,我是一个大大咧咧的人,写信只顾自己说得痛快,没有想一想收信人的需求。我已经当了一个多月的教师了,还没有把学校的情况,没有把我是怎么教书的跟爷爷说说,爷爷最关心的恰恰是这些最具体的事情。

其实爷爷在给我和给弟弟永和的信中,都不止一次教过我们怎么写信。一九六八年二月,他在给陕北插队的弟弟永和的一封信中这样写道:"小弟:昨天收到你第二封信,写叙途中所历,生产队地方情形,以及你心中的所想所感,都比较具体,很好。以后写信就照这样写。我曾经给你说过,写信要为接信的人着想,只要料想接信的人乐于知道什么,就绝不漏掉什么,接信的人一定会感到很满意。当然,写信的人有什么思想、感情、经验、体会,要让接信的人知道的,也非写上不可。彼此分两地,而心思相通,好像住在一块儿一样,不就是靠彼此很好的通信吗?"写信看起来是一件再平常不过的事情了,爷爷可没有把它看成是一件小事,每一次写信,无论是写给谁,包括写给我们这些孙辈的信,他都认认真真一丝不苟。

一九七〇年三月六日

小沫:

你本月一日写的信,昨天就接到,首尾五天,可说很快。你这封信写得具体得多,使我们知道了若干想知道的情形,我感到满意。现在就你信中所说的,与你谈一些我的想法。

……

当前的考验,就是减少一名教师的问题。如果减去的正是你,领导方面一定另外派你工作,你就接受新工作,像当教师一样的安心。现在你还在教师的岗位,你就专心致志尽教师的责任。不要胡思乱想,情绪波动,把教师的工作耽误了。你说,是不是应该这样?能不能做到这样?

在我当教师的第二年春天,学校要减少一名教师,因为什么我已经记不清了,可心里免不了有些紧张,我写信把自己的顾虑告诉了爷爷。爷爷担心我刚刚当上教师,干得正来劲,如果要减少的教师正好是我,我会承受不住,就写信开导我,说这是对我的考验。如果要我去做新工作就接受,在这之前不要胡思乱想,情绪波动会耽误现在的工作。爷爷用做长辈的语气疼爱地和我商量:"你说,是不是应该这样?能不能做到这样?"现在再看这句话,耳边仿佛听到了爷爷的声音,体贴又温馨。

一九七〇年三月二十八日

小沫:

详细谈"两忆三查"运动的信,昨天下午收到。这封信写得好,经过的情况,自己的体会,都写得真切。我是比较地满意了。

……

来信里有少数错字。写错一个字,没多大关系,何况看信的对方看了也能理会意思,似乎写错和不写错一样。但是我以为,写了错字叫对方自己去捉摸,叫对方多动脑筋,这不好。万一对方不能看出来,意思就模糊了或弄错了,这更不好。所以无论写信或写旁的东西,字总要写"准",这也是一个有关群众观点的问题。再说,你是当教师的,教师教学生总不该教错字。现在提起你的注意,你每天总要写黑板吧,黑板上写的有没有错,不妨仔细回想一下,往后总要期望做到一个字也不写错。

学校减少一名教师的事情很快就过去了,减去的不是我,于是我安下心来教书。从爷爷这封信的开头可以看出来,我在给他的信里讲了连里当时正在开展的"两忆三查"运动,他夸我信写得好,比较详尽。接着他写了一大段话,嘱咐我要认真去实行,不要查是查,做是做,走过场。因为这次只说爷爷指导我做教师,下面一段就略去了。

接下来爷爷专门说我的错字。记得那时候爷爷看我的信,每次都会从他桌子的台历上撕下已经翻过去的那张,在背面把我信中写的错字挑出来写在上面,还要写明这个字错在哪里,正确的应该怎么写,在回信的时候把这张台历纸寄给我。我常常写错别字,被爷爷捉到是常有的事,却从来没有放在心上,也没有认真地想过一定要改正。爷爷可不然,他把这件事看得很重,认为是有没有"群众观点"的大问题。还说,你是当教师的,教师教学生总不该教错字。事情到这儿并没有结束,在我给爷爷的回信里,一句轻描淡写满不在乎的话把爷爷彻底激怒了,他非常生气地写道:

一九七〇年四月十一日

小沫：

……

你这封信的末了，写了一句"错字还少不了吧"。我看了这句话很不满意，和你分析分析。

（一）我上次信中说起写错字也不宜看作细事，当教师的更要注意。现在我从你这句话中体会到，你还是把它看作细事，所以只是带点儿风趣说"错字还少不了吧"。为什么写错字也不是细事呢？第一，这也是作风问题，事无大小，总要按规矩做，写字老错，就是作风马虎。第二，"有社会主义觉悟有文化的劳动者"中间的"有文化"三个字，方面很广，其中也包括写字照正确的写。（二）你写"目的"硬要写"目地"，可见你已经错成了习惯，经我指出了，仍旧没有自己提起警觉，注意改掉这个坏习惯。你写信写到末了，说一句"错字还少不了吧"，可见你没有这份耐性，把写好的信从头到底看一遍，看有没有说得不妥的话，有没有写错了的字。推广开来看，这就是事情做出就算，不再复核检查，不想把它搞得完美。这是多么要不得啊！（三）注意不要写错字，这也是"改"，虽然是不很有关（但是也并非绝对无关）思想、作风、工作的事，可也要付出相当的努力才真的能"改"。如果连这一点"改"也做不到，岂不要叫人怀疑，准备"改"这个"改"那个，乃至根本"改"世界观都只是空话吗？我这个话似乎太严重，再想想，实情的确如此。

为了写错字,我写了上面一大段,我认为决非小题大做。你这句"错字还少不了吧"只有七个字,但是表现你的活思想很丰富,所以不厌烦跟你详细说说。我指出错字的小纸片,连这回的共三张,你要保存着。放在一起,有空看看,写什么的时候多留意。

在这封信里,爷爷认真地分析了我经常写错别字的原因,强调为什么应该改掉写错别字的坏习惯。和上封信一样,也是三条,重点却落在了我对这件事的态度上,爷爷说"我认为决非小题大做"。看起来这两封信写的是有关写错别字的事儿,说的可都是做人做事的大道理,是爷爷对待大事小事的一贯态度。惭愧的是,马马虎虎的习惯跟了我一辈子,爷爷这样的苦口婆心,也没能让我改过来。一个坏习惯养成了,真的是改也难啊。我在三十岁的时候做了编辑,一干就是三十年,天天和文字打交道,依然没能杜绝错别字。现在回想起那些写满了爷爷的字的台历纸,竟忍不住掉下眼泪。

一九七〇年四月二十三日

小沫:

　　我买了一张我国的地图,想寄给你,担心在邮程中弄得很皱,一直不曾寄。现在有同学回去,就托他带去。你那班上如果还没有地图,望你把它钉在教室的墙上。如果教室里已经有了,望你把它钉在宿舍的墙上。为什么要寄你一张全国地图呢?让我说一说。

小本子的地图里,开头有一张全国地图,太小了。我买的一张大,看得清楚。我猜想,你和你的学生对于全国地理,只怕未必有个明确的概念。譬如,黑龙江和福建,中间隔着哪些省?黑龙江到贵州,该怎么走法?黄河和长江各经过哪些省?南北的纵贯铁路有几条?东西的横贯铁路有几条?各经过哪些地方?《农业发展纲要》定下的粮食生产的指标是四、五、八(百斤),那"四、五、八"是按什么分的?对于这些问题,谁都应该心中有数,确切知道。要做到这一点,常看全国地图,使全国地图深印脑中,是个好办法。望你自己,并望你劝导你的学生,通过看地图而熟悉全国地理。于是看报,听广播,闻知各地情况,将会更感到亲切。

你收到之后一定把它钉在墙上。一定要常看,有意识地看(也就是带着问题看)。还有同时出版的一张世界地图,卖完了。将来如果买到,也设法带给你。

这一回专说地图。

圣 四月廿三日下午五点写完

爷爷买了一张全国地图,一直想寄给我,又怕在邮寄的过程中被弄皱,这次有同学回北大荒,就托他带给我,还特别说明他为什么要把地图带给我。他说:"我猜想,你和你的学生对于全国地理,只怕未必有个明确的概念。……你收到之后一定把它钉在墙上。一定要常看,有意识地看(也就是带着问题看),要把它深印脑中。"看得出来,自从我当了教师,爷爷就把这所远在北大荒的小学挂在了心间,他常常会想起这些孩子,考虑他们需要些什么。爷爷托同学带来的这张地图,给孩子们带来了不小的惊喜。我照爷爷说的,把它钉在了教室前面那雪白的墙上。孩子们围着地图让我给他们指这儿指那儿,最想知道的就是北京在哪儿,还想知道我们依兰农场在什么地方。我告诉他们,依兰县在地图上只是一个小黑点儿,我们所在的四队在地图上根本就看不到的时候,他们一脸惊讶和失望的表情,至今还留在我的脑子里。我曾经遗憾地想,就是这样,他们还是无法想象我们的祖国有多么辽阔广大,他们中间的许多人,甚至没有到过县城。

但是不管怎么说,在我读书的时候,地图只是一个关乎地名和位置的教具,现在爷爷给我们的这张地图却不只是教具了。"黑龙江和福建,中间隔着哪些省?黑龙江到贵州,该怎么走法?黄河和长江各经过哪些省?南北的纵贯铁路有几条?东西的横贯铁路有几条?各经过哪些地方?……"循着爷爷的"指引",孩子们从黑龙江望到福建,边望边问,一路下来,不断地打开一扇又一扇通向外界的神奇的窗。同样是地图,在别的教室里,抑或只是死记硬背的辅助工具;在我们的教室里,当孩子们的眼睛和地图相遇的时候,在那些小小的心里,每天都在上演着"爱丽丝梦游仙境"。

一九七〇年六月八日

小沫:

你与高年级同学五日下地,今天是八日,这时候想你正在劳动。你说参加劳动十天,想这封信送到的时候你劳动也干完了。你信里说,"到斗争中去改造,去锻炼吧"。十天的生产斗争,你自己觉得怎么样,来信可以说说。

你要语法书,我从书架上捡一本《现代汉语》寄给你。你只要看其中的"第四章语法"的部分就可以了,共一百十多页。你说课本中有语法,我想一定比这本书说得简单得多。教师明白得透彻些,才能把简单的东西教好学生。我要特别提醒你,无论教师或学生,学习语法切不可脱离语言实际。什么叫语言实际?就是看书,看报,听话,谈话,这些都是要运用语言的,这些就是语言实际。文句为什么要那样写?话为什么要那样说?写法说法跟意思、情感的关系怎么样?一句话的各个部分的关系怎么样?一段话的各句的关系怎么样?这些问题都是实际生活中必须搞清楚的问题,所以要学语法。假如不顾到这些问题,光是死啃语法书上的条条,那是毫无用处的。

"文革"中我和弟弟下乡,爸爸去了干校,只有爷爷和妈妈留在了北京。我们三个在生活和工作中需要什么书,什么东西,就会写信向爷爷求助,爷爷也总是有求必应。他会帮我们找,帮我们买,然后打好包裹寄给我们。寄书寄杂志是经常的事情,还给弟弟寄过赤脚医生要用的简易的医疗器具,给我寄过半导体收音机……现在想想,那时候爷爷已经是七十多岁的人了,让他去做这些事情未免有些勉为其难,可是爷爷从来都乐此不疲,总是做得又细致又周到。

从爷爷给我的这封信里可以看得出来,我在教语文的时候碰到了一些语法上的问题。当时教书只有课本,教师没有任何可以参看的材料,碰到没法儿解决的疑难,我只好向爷爷求教。爷爷很快就给我寄来了《现代汉语》,还写信告诉我,要看书中的哪一章。他赞成我找书来读,以补充自己的不足,说教师要明白得透彻一些,才能把简单的东西教好。还特别提醒我,"学习语法切不可脱离语言实际",认真地给我解释什么叫"语言实际"和具体该怎么去做。这些看上去简单的道理,是爷爷关于语文教学的一贯思想。

我的教师生涯只有短短的一年。在一九七〇年的六月下旬,冰封的松花江开江没多久,我们去场部开大会,场部就在松花江边上。中午太阳高照,看到一江清水我兴奋不已,一时兴起,和另一个女同学穿着衣服,跳进了看上去宽阔平缓的江水里,畅快淋漓地游到了江的对岸。记得学过的古文中说:"南方多没人,日与水居也。"北大荒可是地道的北方,很少有人会游泳,江边来了好多看热闹的人。有个好心的船工把船划了过来,对我们俩说,这江水看上去平静,水下可有暗流,每年都有被江水吞没的人,还是跟他的船回对岸吧,我们俩听他的劝上了船。船在江上走,江风吹干了一身的衣服,湿气和寒气不知不觉侵入了我的身体。回到生产队的第三天,我发起了高烧,腿疼痛得没法上下床,得了严重的关节炎,不得不住院治疗。秋季开学的时候我没有办法如期教课,就从教师的岗位上退了下来。对这次不顾及后果的勇敢冒险行为,我没敢写信告诉爷爷,生病住院的事情却不得不说。我和爷爷的通信还在继续,只是信中不再说起当教师的事了。

一晃四十多年过去了,爷爷的这些信把我带回了遥远的北大荒,带回了那所红砖红瓦的生产队小学,带回了孩子们中间……如今我把这些信摘出来发表,往大里说,是因为爷爷给我的每一封信,都包含着他一贯提倡的教育思想,可以让大家再一次感受到他的人格和风范;往小里说,爷爷信里对我无微不至的爱护和指导,可以让人们从一个侧面了解他是怎么教孙辈做人和做事的。对我而言,重温爷爷给我的这些信,引起的可不都是美好的回忆,更多的是沉重和自省。爷爷信上指出的那些错误,我改正了几条?爷爷信上提出的那些要求,我做到了哪些?

二〇一四年四月二十五日　深圳

回得去的家风
——答搜狐网记者问

大家好！很高兴来到搜狐网和大家见面，今天要谈的是家教，这个题目太大了，像是给专家和学者出的，我对这没有研究，只能用自己的经历来回答一些问题，说得不好的地方还请大家原谅。

刚才主持人介绍说，我是叶圣陶的孙女，我就先说说我自己。我的父亲是叶至善，他是爷爷的长子。我从小在爷爷和父亲的身边长大。高中赶上"文化大革命"，一九六六年底报名去了北大荒，那时候大规模的上山下乡运动还没有开始。四年后因为得了风湿性关节炎回到北京，在工厂当了五年半的工人。"文革"结束时我三十岁，到《中国少年报》做编辑，一干三十年，六十岁退休。现在我六十七了，和爱人孩子一家生活在深圳。

您在退休后开始整理祖父叶圣陶和父亲叶至善的作品,在这个过程中,您对父辈的认识发生了怎样的变化？哪些是您感悟最深的？

整理父辈的文字大概是许多文化人的子女的责任。爷爷很多朋友的孩子都在整理自己父辈的东西,比如顾颉刚的女儿,贺昌群的女儿。我和弟弟、弟妹一起整理爷爷和父亲的东西,是在父亲过世以后。一开始并不是很自觉的,只是觉得他们的有些东西挺好,可以整理出来让喜欢的人看看,比如二〇〇六年出版的《干校家书》。那是"文化大革命"一九六九年到一九七二年四年间爷爷和父亲的通信。当年爷爷把父亲的每一封来信都保存起来,按年份装订在一起,再用硬纸做封面,上面用毛笔写下年份,整整四厚本。父亲没有把爷爷给他的信装订成册,可是每一封都保存得好好的,可见父子俩都非常珍视这些信件。我们在收拾他们的东西的时候发现了这些信,觉得应该把它们整理出来,让对那一段历史和对爷爷父亲感兴趣的人看看。四年间父子俩几乎每三四天就有一封信往来,四百多封信近四十万字,整理的确花费了一些时间,出版之后获得了很好的反响,有专家把它评为当年全国书市上值得推荐的十本好书之一。朱正先生写序说：父子间的通信让"人们可以对这一段历史有更深刻的了解。家书可征国史,这部通信集就是一个显例。"

尽管平日里,爷爷对父亲的关爱,父亲对爷爷孝顺我们都看在眼里,整理家书的时候还是会常常被父子俩的这份亲情感动。在那个特殊的年代里,儿子不能再像往日那样陪着父亲聊天,怕父亲一个人在北京太寂寞,就用写信的方式把自己看到的,想到的,正在做的,事无巨细地写下来给他解闷,排解父亲的孤独和寂寞。父亲呢,想念儿子,担心他惦念家里,就把家里的事儿,自己每天看到的想到的,正在做的,事无巨细地写下来,让儿子放心安心。我们以为,这字里行间透露出来的父子深情,是世间难得见到的,非常感人。当然,我们从中看到的不仅仅是父子之间的情谊。爷爷的淡定从容,面对时事的乐观,对我们晚辈的支持和鼓励;父亲的无论在什么环境里,都能找到自己热爱和学习的东西,即使是放牛,他也认认真真地放,从中学到很多知识,得到很多乐趣,和牛有了感情。父子俩对待生活的态度,就够我们学的了。

最近我和弟弟弟妹一起还在做两件比较大的事情。一件是整理父亲的集子。父亲一辈子做编辑,为青少年出了许多好读物,"文革"后又开始整理爷爷的集子,为人们了解和研究爷爷留下了完整的资料。从初版到再版,花去了父亲十多年的时间,可是他从来没有想过要为自己出一本书。直到八十岁的时候,中国少年儿童出版社提出要为他们的老社长出一本集子,他才自编自选出了他的第一本散文集《我是编辑》。这几年我们就想,我们有责任把他的作品收集一下整理出版。最近,六卷本的《叶至善集》已经由开明出版社出版,完成了我们的一个心愿。

还有一件更大更有意义的工程,就是我们整理了爷爷从十六岁到他九十四岁过世时的日记,有七百多万字。已经交给爷爷曾经工作过的人民教育出版社,相信最近两年就可以和大家见面了。专门研究爷爷的北大商金林教授说:叶圣陶的日记首先是真实,有思考,其次是文学色彩浓,有时写得很风趣。他的日记对于"时代"和"社会"的记录特别多,可以作为"民国史"来阅读。

整理爷爷、父亲的作品,还有许多事情要做。要说在整理的过程中对爷爷、父亲的认识有什么变化,这实在很难说清楚。人们说,要了解一个作家,不光要看他的言行,还要看他的作品。说实话,在工作的时候我们也看过爷爷和父亲写的东西,但是很少。退休以后一边整理一边看,才渐渐地看了一些,对他们的为人为文、对他们的主张、对他们的工作,对他们的一生有了更深的了解,因此就越加尊重和热爱他们,学习像他们那样做人做事,是我们一辈子的追求。

"至善、至美、至诚",这是叶圣陶先生一生孜孜不倦的追求,也是对儿女的谆谆教诲,他以此命名自己的三个儿女。您能谈谈当时您父亲的家庭成长环境吗?

爷爷当过老师,所以对怎么教育自己的孩子是有想法的。当年他写过一篇《当了父亲》,文中他写了对儿女的希望。爷爷说他希望儿女的身体比他强壮,有明澈的心灵,能够像工人农民那样,可以生产出供人们切实应用的东西来。从父亲和我们说起的往事中我们知道,他小时候,爷爷从来没有给他开列过必读的书单,没有要求他考好的分数,上好的学校。爷爷的毛笔字写得非常好,他从来没有逼迫父亲一定要写好毛笔字。但是爷爷非常注意对孩子好的习惯的培养,对真诚善良的心的培养。在父亲还小的时候,爷爷就自己编美好的故事讲给他听。爷爷的作品《地动》《小蚬的回家》都是在给爸爸讲了之后写成文章的,有的故事爷爷把它写成了童话。善良、美好和真诚的种子,应该从那个时候起就埋在了父亲的心里。爷爷不是特别在意孩子的学习成绩,却非常关注他们的兴趣爱好。爷爷可以让我父亲拆装

回得去的家风

家里的钟表,知道他喜欢天文和生物,就给他买天文望远镜和生物显微镜。到了中学,父亲他们兄妹三个都喜欢上了写作文,到了晚上,爷爷就把他们三个聚到一起,一边讨论一边帮他们修改,还帮他们出版了作文集《花萼》和《三叶》。所有这些都和父亲最终成为一个优秀的编辑分不开。

您之前出版的《向爷爷爸爸学做编辑》,展现了三代人的编辑情结。您能回忆一下,您的祖父叶圣陶先生对您的父亲成长有着怎样的期许?您的父亲叶至善在子女的职业选择上又是怎样的态度呢?

在我们童年的时候,父亲也不给我们开列书单,不要求我们一定要考上重点学校,他尊重我们自己的选择,关注我们的爱好和发展,在这些方面他和爷爷的做法几乎完全一样。但是在同一种环境里,不一定可以培养出同样的人。父亲很优秀,他做事认真努力,喜欢读书,喜欢钻研,会自学。除了向爷爷学会了写作,在自己喜欢的科普、音乐、美术等许多方面都有作为,连爷爷都佩服他兴趣广,喜欢钻研的精神。这让我明白了,越是自由、宽松和信任的环境,就越是要求你有自觉、自律和自学的精神,否则就会有不同的结果,要么很优秀,像我的父辈三兄妹,要么很平平,就像我。

在对子女的职业选择上,父亲和爷爷一样,觉得无论做什么工作,只要是服务于人民的,都是好工作,如果说有什么更高的要求,那就是无论在什么岗位上,只求做得好是不够的,要不断进取,不断创新。拿我来说,我积极要求去北大荒,他们支持;我病退回来做工人,他们支持;我做了编辑干上了他们这一行,他们也很高兴,在工作上常常给我许多具体的指导。我们家除了我,两个哥哥一个弟弟都是工人。弟弟插队陕北的时候是个好农民,在工厂里是个好工人,这让爷爷父亲感到欣慰。

叶圣陶先生的成长经历对于他教育子女有什么影响?父母对您的教育是否也会影响到您对后辈的教育?

爷爷、父亲的成功靠的是自学,因此他们不是很看重学历,更注重一个人的实际能力。家里教育孩子的方式肯定会影响到我,我自己也没有读过大学,没有把学历和文凭看得那么重要。我希望我的孩子身体健康,有好的品德,能服务于社会,生活得愉快。儿子读了大学,在最初走入社会的时候,他告诉我他很困惑,很纠结,觉得社会上的许多事情和我们教他的不一样,不知道如何去应对。我只能对他说,做人要有起码的原则,超越底线的事情一定不能做。十多年过去了,他不会再来问我这样的问题了,相信他会是一个诚实、正直、求上进的人吧。

问题是现在我有了两个双胞胎的孙子,虽然他们还很小,只有两岁,但是我已经在为他们今后的教育发愁了。面对强大的应试教育这个指挥棒,面对学历决定你的前途的大环境,我们还能像爷爷、父亲那样,不去追求好的幼儿园,好的小学、中学、大学,不注重学历吗? 连我自己都回答不出了。

作为一个书香世家,您的家族有哪些行事守则是一直保留并传承至今?

我不敢说我们是书香世家,爷爷是个了不起的人,不止在文学上教育上,在很多方面都做得很好,我敬重他,绝不只因为他是我的爷爷。我的父亲很好地继承了爷爷在文学方面的许多成就,用爷爷的话来说,在很多方面还超出了他,也是很令我敬佩的人。他们父子两人在做人和做事上得到同行的称赞,是当之无愧的。惭愧的是,我们这一代人无论是在品行上还是在学识上,都达不到他们的境界,都无法和他们相提并论。因此,只是父子两代,这能不能算是书香世家?我不知道。

我理解,行事守则就是家训。我们家里没有写在纸上一直保留至今的家训。爷爷和父亲都强调为人师表,身教重于言教。他们做人做事的态度,潜移默化地影响着我们。比如做人要正直、要诚实、要有担当;做事要认真、要努力、要不断进取;待人要真诚、要友好、要讲信誉;对社会要有公民意识、要负责、要付出。所有这些在我们心里都扎下了根,是我们做人做事的行为准则。

您如何理解"家风"这个概念?在您看来,家风对于家庭来说有着怎样的意义?

有时会听人说,你的身上有叶家的家风,每当这个时候我都诚惶诚恐。一次和中学生们聊天,有个学生问我,作为叶圣陶的后代您有压力吗?我真不知道这个孩子怎么会想到,怎么会提出这么体贴的问题的,因为大多数人都会觉得,名人的后代很风光,没有想过其实他们也有他们的难处。一个中学生,他却在替我想,这不能不令我感动。我回答他说,有啊,经常会有。比如在出席一些必须出席的会议的时候,比如在面对记者和镜头的时候,比如在面对老师和同学的时候,我都会感到很沉重。作为叶家的后代,我常常会想,怎么才能很好地把爷爷和父亲的风范传播出去呢。就是在面对一些必须做的事情的时候,我也常常会想,要是爷爷父亲在,他们会怎么做。

什么是家风,叶家的家风到底是什么?说实在的,我也想不清楚。我曾经对人说过,我的身上如果有一点儿好,那都是爷爷父亲母亲给我的,这也许就是所谓的家风吧。我很幸运自己能生长在这样一个温馨和睦的家庭里,祖辈父辈教会我做人做事,让我能面对这个社会,自立于这个社会,我现在的生活很幸福。我想,这是他们希望看到的。

时代在发展,家风需要传承,但也并非一成不变。在您看来,现代家庭在对家教门风的传承上,应该怎样去"应变",才能既不丢失传统,又顺应时代特点?

时代是在发展,社会也在不断变换,但是有些做人做事的道理是永远不会改变的。比如你们刚才说的,爷爷一生都在追求的至善、至美、至诚;比如正直、勇敢、善良、忠诚,所有这些美好的东西。这些东西是本质的东西,是真实的东西,社会再变,这些东西是不会变的,或许表现的形式会不一样。

谢谢搜狐给我这个机会,让我对家风的问题做了一次比较认真的梳理和思考。谢谢你们,谢谢大家。

二〇一四年十二月七日

爷爷不该被忽略的那些方面
——纪念爷爷诞辰一百一十五周年

各位前辈、同志们、朋友们,大家好:

衷心地感谢叶圣陶研究会在爷爷叶圣陶诞辰一百一十五周年的时候召开这样隆重的纪念会,感谢南京方面和人民教育出版社、开明出版社对大会给予的支持,感谢各位能赶来参加纪念会,更感谢大会邀请我们的婶婶和我们来参加纪念会。

因为叔叔叶至诚一家人自建国后一直在这里生活工作,南京是爷爷生前来的次数最多的城市。如今爷爷和叔叔都离开了我们,在南京开纪念会使我们更增添了一份思念。我和弟弟永和以《爷爷不该被忽略的方面》为题准备了这个发言,作为对爷爷的缅怀和纪念。

在爸爸留下的一九八六年的剪报里,有爷爷写的一篇散文《诗话》,后面附着爸爸写的一段文字,他写道:"记得一九四六年,在马叙伦先生等上海人民代表在下关车站被特务暗杀之后,在李公朴、闻一多两位先生在昆明被特务打伤之后,父亲写过一首诗。这是一首咬牙切齿的诗,父亲没有留下底稿,我各处找,找了几年也没找到。昨天商金林同志来看我,给我捎来了父亲的一篇散文,题目叫《诗话》,这首咬牙切齿的诗,原来在这篇散文中。……"

在爸爸提到的这篇《诗话》中,爷爷介绍了两首诗,一首是杜丹乡先生的《宣言》,一首是闻一多先生的《一句话》。爷爷说:

"我也有些语句,像不像诗不管它,当然由于愤怒,够不够得上抒情可不敢说,姑且写在这儿。"——
你爱好听的名儿,/我把一切好听的名儿让给你;/咱们站在两边,/水火之势不自今日始。
你喜欢自居革命,/好,我就自居反革命;/可是,你骨子里若是反革命,/我就反反革命。
你喜欢自居正动,/好,我就自居反动;/可是,你骨子里若是反动,/我就反反动。
你,爱听好听的名儿的人啊,/朝你说旁的话都是多余的,/只有一句话:/"不与同中国!"

这就是爸爸找了好几年的那首爷爷咬牙切齿的诗。爸爸说:"这篇《诗话》虽然四十一年前发表过了,见到的人未必很多,如今再发,也好让读者知道,我父亲并不是就写些《牵牛花》《藕与莼菜》之类的。"

看得出来,爸爸一心要找到爷爷的这首诗,还想发表出来给大家看看,为的就是想让大家知道,爷爷不是只写些

《牵牛花》《藕与莼菜》之类散文的人。爸爸的这层意思,在他的其他文章中也有流露,我们更不止一次地听爸爸叨念过:"爷爷的散文有很多,不知道为什么出版社在出散文选的时候,选来选去只有这几篇。"凡是常能看到的爷爷作品,大多是《牵牛花》《藕与莼菜》《没有秋虫的地方》等等,似乎爷爷是只写花鸟虫鱼、风花雪月一类的散文家。凡是见到过爷爷的,在写到爷爷的时候,大多离不开忠厚长者、慈眉善目、温文儒雅、和蔼可亲等之类的溢美之词,好像爷爷从来不会愤怒,生性平和得从来就没有脾气。对于人们的这种误解,作为爷爷的儿子,爸爸怎么能不忧心忡忡呢?

叶圣陶,究竟是一个什么样的人呢? 其实,爷爷是一个硬骨头。抗战期间的一九四五年一月,他在《中学生》战时月刊上发表了文章《四个"有所"》,文中说的"有所爱,有所恨,有所为,有所不为",正是他一辈子做人做文的原则。在《诗话》中的那首被爸爸称之为"咬牙切齿"的诗里,爷爷对反动政府表现出来的无比的蔑视和痛恨,在其他的文章中还有很多;与此同时,爷爷歌颂为中国人民的解放和进步献身的英雄,歌颂新中国,关心新中国的建设,号召认真实行宪法,为孩子们呼吁改革教育等等方面的文章也有很多,这里我们节选了爷爷在不同时期发表的文章中的一些片段。

一九二五年五月三十日,上海发生了震惊世界的"五卅惨案",十三名反帝爱国的学生、工人和民众被反动政府枪杀。五月三十一日,爷爷"满腔愤怒"地来到血案的发生地,在《五月三十一日急雨中》这篇散文中他写道:"我想参拜我们的伙伴的血迹,我想用舌头舔尽所有的血迹,咽入肚里。但是,没有了,一点儿也没有了! 已经给仇人的水龙头冲得光光,……不要紧,我想。血曾经淌在这块地方,总有渗入这块土里的吧。那就行了。这块土是血的土,血是我们的伙伴的血,还不够是一课严重的功课么?血灌溉着,血滋润着,将会看到血的花开在这里,血的果结在这里。"事后爷爷不畏强暴,以圣陶署名,把这篇文章发表在《文学周报》和《小说月报》上。

在抗战期间的一九四〇年,爷爷写过一篇题为《心》的散文,对日本帝国主义的声讨,对人民大众的呼吁尽在文中,他说:"现在日本来攻打咱们,咱们并没有对不起日本,是日本对不起咱们。日本想要夺取的不是某一处地方,是整个的中国;日本想要压服的不是某一个人,是整个的中华民族。……从这些上看,就知道日本是咱们的敌人;而凡是中国人,因为利害相同,甘苦相同,都是咱们的伙伴。……这种由实际环境陶铸成功的良心,是无论如何埋没不了的,除非你不是中国人。"

一九四五年三月十九日,爷爷应邀为刊物《血花》写了一篇题为《血和花》的文章,文中说:

> 抗战到了第八个年头,我国同胞的血流得多了,各个战场上士兵的血,各个敌后游击区爱国志士的血,各条公路铁路上,各个飞机场上男女老幼的民工的血,各处被轰炸的地方受难者的血,各处被占领的地方遭到杀伤者的血,并到一块儿来说"血流成渠""血汇成海"未必是过分的形容。……凡是流了血的没有别的恨,只恨滥肆侵略的敌人,只恨不把人当人的法西斯主义……人谁不遇到衰病死亡,只要恨得到雪,爱得到

抒,血就不是白流的,心头也就安然了。如果那些血真的汇流成渠,汇合成海,一定会掀起波涛,那波涛激动的调子一定会表现出前面说的那些意思。

一九四五年十月三十一日,爷爷发表了署名文章《也算呼吁》,呼吁停止"内战"!文中说:"内战,算什么呢?自己人打自己人,中了枪弹倒下去的是自己人,受了战事的影响,伤残死亡,颠沛流离的是自己人。这能与消灭法西斯的战争,抵抗侵略国家的战争相比拼吗?……万不要以为'人民'两字只是个抽象的概念,尽可以不必管它,要知道这两个字实在包容着张三李四赵五王六等等无量数具体的人。……他们不容许打内战,就将凭他们的力量制止打内战。在人民的力量之下,即使是最愚笨的人,也会知道胜负属于谁的。"

一九四六年,中国人民经过了八年的奋斗,终于取得了抗战的胜利。四月二十三日,爷爷的亲家挚友夏丏尊先生却去世了。二十六日爷爷怀着悲愤的心情写下了《从此听不到他的声音》,二十八日又写了《答丏翁》来悼念这位可敬可爱的朋友。在《答丏翁》一文中爷爷写道:

> 四月二十二日上午,去看丏翁,临走的时候,他凄苦地朝我说了如下的话:"胜利,到底啥人胜利——无从说起!"……听他这话的当时,我心里难过,似乎没有回答他什么,……现在,我想补赎我的过失,假定他死而有知,我朝他说几句话。我说:胜利,当然属于爱自由爱和平的人民。这不是一个空洞的概念,不是一句

喊滥了的口号,是事势所必然。人民要生活,要好好的生活,要物质上精神上都够得上标准的生活,非胜利不可。胜利不到手,非争取不可。争取复争取,最后胜利属于人民。……你去世了,当然不劳你着力,请你永远休息吧。着力,有我们没有死的在。

一九四九年,经过三年艰苦卓绝的解放战争,中国人民取得了伟大的胜利,新中国即将成立。爷爷应共产党之邀,从上海转道香港,来到解放区来到北京,参加筹备新政协。那时候爷爷和全国人民一样欢欣鼓舞,九月二十八日他激情满怀地写下了《中国人站起来了》一文。文中说:

> 诸位,请想一想,"占人类总数四分之一",一个多么巨大的数目!请想一想,"占人类总数四分之一的中国人从此站立起来了",一个多么伟大的光景!大家说二十世纪是人民的世纪,现在咱们中国人开始了人民的世纪,这句话更加有了确实可靠的保证。……将革命进行到底,是为了爱国。站在各自的岗位上努力,是为了爱国。在国际间交接够朋友的朋友,是为了爱国。如果有国际强盗来侵犯咱们,就拿起武器,不怕牺牲,像《义勇军进行曲》里唱的"冒着敌人的炮火前进"也是为了爱国。

一九五四年我国的第一部《中国人民共和国宪法草案》公布,爷爷为这部宪法的诞生和实行说了他想要说的话:

宪法不是爱怎么写就怎么写的。宪法不能不以政治生活、经济生活为根源，所以咱们必须探究它的根源。

中国人民一百多年来的英勇奋斗是根源。凡是天安门前正在修建的那座纪念碑所纪念的人们，无数量的志士仁人跟革命群众，都是这个宪法草案的创议人。没有他们不会有这个宪法草案。……咱们讨论和探究不是无所为而为，而是完全有所为的。所为就是实行。咱们全国人民准备齐心同德实行这个宪法，所以要讨论，要探究，把它理解得明白透彻，没有一点含糊。

咱们全国人民讨论这个草案是个伟大的活动，将来咱们全国人民实行这个宪法是个尤其伟大的活动。

时至今日，各级当权者违背宪法的事件仍然时有发生，回顾我们都不会忘却的"十年动乱"，那"动乱"之中对宪法的践踏，人民所遭受的水深火热，教训可谓惨痛。作为反思，爷爷当年对立法执法法治的呼吁，不禁使我们感慨不已。

一九八一年十一月一日，爷爷在听了我们给他念的第二十期《中国青年》杂志上刊载的《来自中学生的呼吁》之后，当过教员，一生献身教育、关心教育的爷爷心急如焚，当晚写下了《我呼吁》一文，文中呼吁社会的各个方面都来关注片面追求升学率造成的严重后果，文中说："请各级教育行政当局都认真读一读这篇调查摘要，听听中学生的呼声，看看他们——岂止是他们，连同他们的刚进小学的弟弟妹妹——身受片面追求高考升学率的严重摧残的情况。……"

接下来他对大专院校的领导和教职员说:"你们要招收的决不是那些'死记硬背的东西太多,缺乏独立思考和丰富的想象'的学生。你们要不要对中学教学提出你们的要求呢?你们要不要对他们在教学方面的那些不正确的做法提出建设性的批评呢?"

他对小学的领导和教职员说:"看一看片面追求升学率在中学里造成了多么严重的后果,你们千万不要在小学生身上再施加影响了。"

他对中学的领导和教职员说:"在这个问题上,你们起的作用是关键性的。如果上级领导要你们片面追求升学率,你们要顶住,为的是爱护孩子。如果社会舆论从片面追求升学率出发来指摘你们,你们要顶住,为的是爱护学生。……升学率大小不是教育办得好不好的唯一标准。我们要培养的是全面发展的人,社会主义国家合格的公民,四化建设各个方面的人才;其中少数的一部分要由大学培养,极大部分可不然。"

他对学生家长说:"你们都希望孩子成才,这是当然的。进大学是成才的一条道路,可不是唯一的道路。……高中毕业生只有一小部分能进大学,这个情况在本世纪大概不会有多大改变。所以孩子进不了大学,千万不要责备他们,把孩子逼坏了,甚至逼死了,那就成为毕生的遗憾了。"

他对报刊的编辑们说:"请你们不要在你们的报刊上鼓吹哪个学校升学率高,哪个地区考分高;不要在你们的报刊上介绍片面追求升学率的方法和经验;不要在你们的报刊上宣传高考成绩优秀的学生,……不要在你们的报刊上刊载试题和考卷,因为这些都将成为下一届毕业生的沉重负担。"

文章的最后爷爷呼吁:"爱护后代就是爱护祖国的未来。中学生在高考之下已经喘不过气来了,解救他们已经是当前急不容缓的事,恳请大家切勿等闲视之。"

在当年召开的五届四次人大会议上,赵紫阳总理在《政府工作报告》中说:

> 最近,叶圣陶代表发表了题为《我呼吁》的文章,批评了当前中学和一部分小学片面追求升学率的错误做法,词义恳切,表达了学生、教师、家长和广大人民群众的心声。希望有关方面认真注意这个问题,切实加以改正。

我们想说,时至今日,爷爷所呼吁的情况不但没有得到扭转,反而有愈演愈烈之势。爷爷在教育方面的种种倡导和见解,被教育界的人士所称道,甚至被奉为经典,但是不准备去做的道理,还有什么意义呢?从这个角度来看,"叶圣陶研究会"的责任和任务还真的是任重道远。

我们就摘选这些吧。我们想:用不着多说什么,爷爷文章中的这些片段,字字发自肺腑,句句慷慨激昂,篇篇都是战斗檄文,从中可以深切地感受到爷爷是怎样的一个人。

在我们眼里爷爷爱憎分明,始终和人民站在一起。无论在什么年代,爷爷都在关注着祖国和人民,都会讴歌为祖国和人民做出牺牲的勇士,都会怒斥敌人和社会上的丑恶现象。无论什么年代,在重大事件发生的时候,他都会像一个战士那样站出来,无所畏惧地用他的笔做武器去战斗。我们常想:这是我们敬重爷爷,爱戴爷爷的很重要的一个原因。今天就让我们借这个机会,来表达我们对爷爷的爱,也借此来告慰爸爸,在我们心里:爷爷"并不是就写些《牵牛花》《藕与莼菜》之类的"。

我们的话说完了,谢谢大家。

二〇〇九年八月二十一日

值得永远干下去的事业

——纪念爷爷从事出版工作九十周年

一九二三年的春天,我的爷爷叶圣陶经朱经农先生介绍,进了当时的商务印书馆工作,正式开始了他的编辑生涯,那年他二十九岁。

一九八二年,爷爷为刚刚创刊的《出版史料》写了一篇题为《我和商务印书馆》的文章。人们常常引用爷爷说的:"如果有人问起我的职业,我就告诉他:我当过教员,又当过编辑,当编辑的年月比当教员多得多。"那句话,就写在这篇文章的一开头。在这篇文章中爷爷说,自己的编辑工作是进了商务才学的。记得第一次校对,校样上漏了一大段,他竟没有发现,被一位专职校对看出来,把校样退给了他,他才知道编辑不好当,丝毫马虎不得,必须认认真真地一边干一边学。接下来爷爷简要地回忆了他在商务印书馆所做的工作:"大部分时间在国文部编辑中学生的国文课本和国学丛书,代郑振铎先生编过一段《小说月报》,和金仲华先生一起编过一段

《妇女杂志》。"爷爷在商务印书馆一共工作了八年。

一九三〇年,爷爷应外公夏丏尊先生的邀请,离开商务印书馆转到开明书店做编辑,一干就是二十年。

建国后的一九五〇年底,爷爷被任命为人民教育出版社社长兼总编辑,直到一九六六年"文化大革命"开始。在人教社工作的十六年中,爷爷一直都在负责编辑全国中小学生的统一教材。"文化大革命"以后,爷爷又开始了看稿和改稿的编辑工作,有些是自己的,有些是别人的,但是年纪越来越大,视力越来越差,已经力不从心了。

看看爷爷一生的编辑工作,大都和商务印书馆、开明书店、人民教育出版社这三个出版单位紧紧相连。爷爷写《我和商务印书馆》这篇文章的时候,已经八十八岁了。他说,现在眼睛坏了,连笔画也分不清了,有时候免不了还要改一些短稿,自己没法看,只能听别人念。在那以后的六年间,爷爷就是这样做编辑工作的,直到九十四岁离开人世。

爷爷热爱自己的编辑工作。早在一九四七年,在听到同业中有人夸他们开明书店办得好的时候,以及读者夸他们开明书店的书出得好的时候,爷爷高兴地写了一篇文章,题目是《值得干下去的事业》。在这篇文章中他说:"事业的总称叫三百六十行,我们在三百六十行中拣定一行书业,把我们的心力岁月花在上头,而居然得到好评,足见我们拣定这一行是不错的,是值得永远干下去的。"他又说:"无论干什么事业,最怕没兴致,动手想问题都勉强,全是为了吃饱肚子。干得高兴却完全不同了,在干的本身就有乐趣,不但乐于干,而且觉得非干不可。我们已经到了乐于干,非干不可的地步,这是我们最可以自慰的。"从这些话里可以看得出来,爷爷对自己选择了做编辑这一行非常满意,热爱得到了"非干不可"的程度。于是他兢兢业业地干了六十五年，直到生命的最后一刻。

我的父亲叶至善先生，从小在爷爷的身边长大，爷爷的编辑生活和编辑经历他记得一清二楚，在他为爷爷写的传记《父亲长长的一生》中，记录了爷爷做编辑的一生，书里面有许多非常精彩的片断，我想选其中的两件，在今天这个日子里拿出来和大家一起缅怀爷爷。

一九二五年五月三十日，我国发生了伟大的反帝爱国的群众运动，这大大提高了全国人民的觉悟。在"五卅运动"中，为了能发表自己的言论，提出自己的主张，在五卅惨案发生的第五天——六月三日，《公理日报》就创刊了。《公理日报》名义上由"上海学术团体对外联合会主编"，参加编辑工作的却主要是爷爷和商务印书馆的一班朋友，其中郑振铎、胡愈之、沈雁冰几位先生出力最多。在"创刊号"的宣言中，报纸对英国提出了六条要求，第一条就是"收回全国英租界"，还提出要用在全国排斥英货、中国人不为英国人和英国机关服务、不出售物品给英国人等行动，来迫使英国接受这些条件。《公理日报》的态度激烈，敢说大报不敢说的话，敢登大报不敢登的新闻，反映了大多数人民的愤慨，甚至旗帜鲜明地提出了"打倒帝国主义"的口号，因此"赢得了数万读者的热烈同情"，声誉超过了当时的《申报》《新闻报》等大报，在这个反帝爱国的运动中起到了不同凡响的作用。但是《公理日报》的本钱是大家凑集的，售价便宜，又没有广告收入作补贴，办了几天凑起来的钱就不多了，尽管得到了社会上热心人的捐助，维持到第二十二期也不得不停刊。其实停刊不只是因为经济问题，印刷厂迫于官方的压力不肯再印，参加对外联合会的十二个团体政治态度越来越不一致,也是报纸不得不停办的两个很重要的原因。"停刊号"上登了一则《本报同人特别启事》,说:"本报只发行了二十多天,但已赢得了数万读者的热烈同情。我们受到了许多热心民众的鼓励,觉得我们的工作万不能就此终止。所以我们还想继续做大规模的筹备,预备在将来建立中国健全的言论机关的基础,组织大规模的日报,为中国言论界开一个创例。"表达了爷爷他们对于报纸停刊的于心不甘,和渴望有一张属于他们自己的,可以开中国言论自由先河的报纸的愿望。爸爸回忆说,"五卅运动"那年他才七岁,当时那轰轰烈烈的群众运动的场面,那满街的"《公理日报》,一只铜板!"的叫卖声,在他的脑海里留下的印象竟是那样的深。

在抗日战争后的一九四六年,开明书店出版了一本硬面精印的大型画册《抗战八年木刻选集》,爸爸详细地记录了画册的诞生。鲁迅先生开启了中国木刻的先河,此后中国的木刻日益兴旺。在八年抗战期间,木刻家们不断努力,发表了大批优秀的作品,中华全国木刻协会决定,九月十八日在上海举办抗战八年木刻展。陈烟桥、李桦两位同志找到爷爷,说想赶在展览开幕前出一本木刻选集。一九四六年七月,正是反内战、要民主的运动处于高潮的时候,爷爷觉得正需要这样的作品来鼓舞人们的斗志,编辑部的同人们也说,一定要接受出版这本《抗战八年木刻选集》,第三天这件事就定下来了。八月十日,画稿集齐了,爷爷开始了《抗战八年木刻选集》的编辑工作。与此同时出版部也忙起来了,他们不光要安排生产,还要定标图版尺寸,设计封面装帧……大家忙了一个多月,《抗战八年木刻选集》终于在展览会开幕的前四天出版了。如果从稿子集齐开始算起,只用了五十一天,进度之快,效率之高,对于当时没有美术编辑，没有自己的印刷厂的开明来说，真是难以想象。爷爷在那年九月十四号的日记上记着："今日一编入手，尚称可观，为之欣慰。"当然，可观的不仅是形式，主要在于内容。爷爷在为这本《抗战八年木刻选集》写的序言里说："由于所处的国度和所值的时代，木刻作家与文艺作家一样，一贯表现着反帝反封建的精神。从正面说，一贯表现着争自由的精神。"他赞扬了木刻家在抗战八年中所作的努力，说他们的作品表现了"对于敌人的憎恨，对于受苦受难者的同感，对于大众生活的体验，对于自由中国的希望"。

说完了爷爷这两件在编辑工作中的旧事，我想起了自己看过的郑振铎先生在《编辑是什么？》一文中的一段话："老实说，拿笔杆的人，实在并不曾忘却他们的力量与责任。他们相信，人类社会之需要智慧，也正和他们之需要粮食一样迫切；特别在今日文化落伍，知识未开的中国，拿笔杆的人们的责任，似乎比一切都更重要。……为了人类，为了中国，他们都是不能放弃了这些明显地摆放在他们面前的责任的。……在这个急骤变动的大时代里，我们的责任是不很轻的。"

我想：爷爷正是郑先生笔下的那种"拿笔杆"的人，他从事编辑工作的六十多年，所看重的，所依据的，正像郑先生说的那样，是他从不曾忘却的力量和责任。他把自己融入了国家和人民之中，与国家的命运相关，与人们的利益相连。他把自己的责任、自己的热情，自己的爱与憎，自己要与国家和民族生死与共的精神，全都融入了他所热爱的编辑工作。无论是在黑暗的旧社会，他为徘徊在歧路上的少年编《中学生》杂志的时候；还是在建国后的和平年代，他为全国的孩子们编写教科书的时候，他从来都没有忘记过自己肩负的责任,而且把这看得比一切都重要。

我也是个编辑,像爷爷那样做编辑是我一生的追求。我想,对于一个编辑来说,小到一个标点、一句话、一篇文章;大到一本书、一份报纸,时时处处都要对读者负责,时时处处都要对时代负责。尽管各个年代、各个时期,编辑所要肩负的责任是不同的,但是有一点是肯定的,那就是郑先生说的:我们的责任是不很轻的。至于如今我们做编辑的责任是什么,还真是一个值得深入讨论的大题目。

爷爷说,编辑是值得永远干下去的职业。在他的感召下,奶奶胡墨林、父亲至善、叔叔至诚、表姐宁宁、堂弟兆言、我和永和及燕燕,还有我们的下一代,侄子叶刚、侄女叶子、叶扬,都曾经和正在从事着我们都热爱的编辑工作,算下来竟有十多位。在纪念爷爷从事编辑出版工作90周年之际,以此来告慰他老人家,如果他在天有灵,一定会感到很欣慰的。

小时候,我天天能看见爷爷戴着老花镜坐在桌前改稿子,常常能在饭桌上听到爷爷和爸爸讨论正在修改的文章。经常看见爷爷一早从他的房里出来,走到还没有起床的爸爸床前,说他昨晚躺在床上想,昨天他们讨论的文中,有句话还是换个词儿比较妥当。爸爸一边应着,一边起身来到书桌前,按爷爷的意思把那句话改过来。一句话、一个词、一个字,甚至一个标点,父子俩都认认真真,从不马虎。这看似平常的情景,却印在我的脑海里,永远也抹不去,每每想起都觉得幸福温馨。

二〇一三年三月二十五日 深圳

教育是"高尚"和"神圣"的事业

——纪念爷爷从教一百周年

各位领导,各位朋友:

大家好!

我们几个是应邀来参加今天这个纪念大会的,和大家的身份不同,我们是叶圣陶的后代。请允许我们以这样的身份,向举办这次活动的民进中央、叶圣陶研究会和江苏省民进的同志们,向苏州市第一中学和苏州叶圣陶实验小学的同志们致以发自内心的感谢,感谢大家为这次研讨会的成功举办所做出的努力。我们还要向今天来参加纪念大会的各位领导和朋友们致以衷心的谢意!

纪念爷爷从教一百周年的大会选在苏州和甪直举办,有着特别的意义。苏州是爷爷的故乡,苏州一中是他迈入学校大门的地方,苏州还是他开始他的教学生涯的地方;甪直是爷爷的第二个故乡,现在的叶圣陶实验小学,是他当年进行教育改革试验,从此确立了教育是"高尚"和"神圣"的事业信念的地方。如今这两个学校里的老师,都真心认同爷爷的教育理念和教学方法,再按照他说的去学去教;这两个学校的学生,也因此获得了不少在其他学校学不到的教育,这实在是值得高兴和赞扬的。

从爷爷当小学老师以后的近八十年的时间里,教育的改革和创新,始终是他在不断思考和实践着的课题,并且贯穿于他的一生。在教育理念上,爷爷提出了不少精辟的见解,有许多现在看起来还很新鲜,好像他在几十年前就已经看到了今天会发生什么情况,许多思想至今看起来依然是教育领域中最根本和很重要的。

比如爷爷给教育下的定义:教育是什么?往简单方面说,只需一句话,就是养成良好的习惯。

在教育的目的上,爷爷说:受教育的意义和目的是做人,做社会的够格的成员,做国家的够格的公民。

在教学目的上,爷爷提出:教是为了达到不需要教。……达到不需要教,就是要教给学生自己学习的本领,让他们自己学习一辈子。

在对教师的要求上,爷爷提出:以身则,这四个字可以说是教师的座右铭。"身教"就是"以身作则",教育者自己做出榜样来,让受教育者自动效仿,受到的效果当然比光凭口说深切得多。

在语文教学的目的上,他说:语文教学不仅是传授知识,尤其重要的在乎培养学生听说读写的能力。这是生活的需要,工作的需要,也是参加祖国四个现代化建设的需要。还说:语文课的目的是让学生掌握语言文字这种工具,培养他们的接受能力和表达能力。

一九八一年,已年近九十的爷爷在《我呼吁》这篇文章里,强烈地批判了片面追求高考升学率的做法,痛心疾首地呼吁说:爱护后代就是爱护祖国的未来,中学生在高考的重压下已经喘不过气来了,解救他们已经是当前刻不容缓的事,恳请大家切勿等闲视之。

爷爷有关教育的理念还有很多,这些看上去非常朴素的真知灼见,读起来依然是那样的鲜活,依然是那样的亲切,就好像他依然在我们的中间。我们知道,爷爷用一生的思考和实践换来的,始终都在坚持和宣传的这些教育思想,正是如今推崇他的老师们非常熟悉,并用来指导他们的工作指南。很多老师从中尝到了甜头,很多老师有了很大的收获,这些都是可喜可贺的事情。

我们想:今天大家从祖国的四面八方聚在一起,在爷爷从教一百周年的时候开会纪念他,为的就是要继承和发扬他的教育思想,实现他的教育理想,可见当今的教育还有许多弊病,还有许多不尽如人意的地方。希望有一天,当我们再聚在一起的时候,教育改革能有一个新的局面,能有一个大的发展,好让我们能欣慰地告慰他老人家。

谢谢大家!

二〇一二年五月

做一块铺路的石子
——纪念爷爷诞辰一百二十周年

爷爷过世已经二十六个年头了,今年的十月二十八日,是爷爷的一百二十岁生辰日。为了纪念他,一些文化、教育和出版单位举行了各种活动,还集中地出版了一些他的著作,这让我们由衷的高兴,因为人们依然记得他,依然爱戴他。

九十多年前爷爷写了一篇童话,名字叫《古代英雄的石像》,讲的是英雄石像和它的石基倒塌成为铺路石子的故事。后来爷爷在和读者谈到这篇童话的时候说:"无论大石块小石块,彼此集合在一块儿,铺成实实在在的路,让人们在上边走,这是石块最有意义的生活。在铺路以前,大石块被雕成英雄,小石块垫在石像底下做台基,都没有多大意义。"

记得在爷爷过世一个多月的时候,父亲叶至善写了一篇短文《担心》。文中他说,在自己十一岁的时候,爷爷把才写好的《古代英雄的石像》拿给他看,读完之后他想,我得做铺路的石子。直到长大了,父亲还老是叮嘱自己:我得做铺路的石子,能铺路已经很不错了,不会成为石像的。接下来他写道:"可是奇怪,这几年我又多了一份担心,担心父亲会成为石像。难道父亲不是石子?我就是在许多前辈用自己铺成的路上走过来的;在无数铺成路的石子中间,有一块就是我的父亲。但是石子也会变成石像的,实在的也会向空虚转化。我分明看见,有的石子已经完成了这样的转化,当然,这不是石子的本意。"当年,父亲把自己看到和想到的都和爷爷说了,爷爷有点儿感慨,说确实有这样的转化。父亲怕引起爷爷的担心,没有问爷爷自己会不会被这样转化,因为"这样的担心是很寂寞的"。

父亲的散文只有短短的六百多字,所含的意思却挺深。他希望爷爷永远是一块铺路的石子,绝不做空虚的被人们顶礼膜拜的英雄。

现在看来,父亲的担心虽然不是没有缘由的,可是他应该可以放心了,这些年来,无论在教育界还是在编辑出版界,人们学习爷爷的教育思想、编辑出版思想,都在用来指导自己的学习和工作。令人感到欣慰的是,人们热爱爷爷,纪念爷爷,是觉得爷爷的这些理念,至今都有着强大的生命力。爷爷没有,也不会成为空虚的石像,在他和许多前辈铺成的路上,人们正在大踏步地向前走!

我们热爱爷爷,想念爷爷,在他一百二十岁诞辰的时候,我们就用爷爷的这篇《古代英雄的石像》的童话来纪念他。

二〇一四年十月二十八日

甪直是爷爷魂牵梦绕的第二个故乡
——纪念苏州叶圣陶实验小学成立一百一十周年

尊敬的邹文珍校长,各位来宾,各位老师和同学们:

大家好!

今天是个喜庆的日子,我们团聚在一起,共同祝贺苏州叶圣陶实验小学一百一十周年的校庆。对于一个人来说,如果可以迎来一百一十周年,那定是幸福的暮年;对于一所小学来说,别说是一百一十周年,就是二三百年,迎来的永远是朝气蓬勃的孩子,那定是幸福的童年。让我们祝愿圣陶小学年年进步,岁岁有成,青春永驻。

一百一十年前的一九〇五年,水乡甪直建起了甫里小学。十几年后,这里分设了吴县第五高等小学,迎来了一批有志的年轻教师。他们把教育看成是培养人的神圣的事业,要对旧的教育制度进行改革,要在这里实现他们心目中的理想的教育。

他们真的这样做了:为了提倡白话文,他们自己编写教材;为了让孩子接触实际、接触劳动,他们和孩子们一起办起了"生生农场";为了让孩子了解和知道外面的世界,他们买来进步书刊办起了博览室;为了鼓励孩子们写作,他们帮助孩子修改作文向编辑部投稿;为了培养孩子们的各种兴趣爱好,他们教孩子们书法、篆刻、绘画、演小话剧;为了锻炼孩子们的体魄、陶冶孩子们的性情,他们带着孩子们去郊游,去军训;为了激发孩子们的爱国热情,五四运动时他们在孩子们和乡亲中间进行演讲……就这样,他们把一所远离城市的江南水乡小学,办得红红火火、风生水起。他们之所以这样努力地探索和实践,目的只有一个,就是想通过他们的教育,把孩子们培养成具有公民意识、对社会有用的人。在当年,这实在是一件非常了不起的事情。

在这些走在教育改革最前沿的年轻人中,就有我们的爷爷叶圣陶。他是他们中积极的参与者,许多改革主张都是他提出来的。比如办"生生农场"、办博览室、演课本剧。吴县第五高等小学就是爷爷对于理想教育的试验田,在这里,他和志同道合的朋友一起,和奶奶胡墨林一起,并肩战斗、辛勤耕耘,有了许多意想不到的收获。在这里他发现,那些从清末就开始创办的所谓新式的学校,教育的目的和教学方法的根本问题,还远远没有得到解决,值得花毕生的精力去探讨。从此他一生关心教育,写过许多有关教育问题的探讨文章,提过许多有关教育问题的主张和建议。

爷爷从小生长在城市,到了甪直才开始接触农民,了解他们的生活和感情。他同情农民的悲惨生活,写了不少反映农村生活的文学作品,其中的背景和人物,许多都来自甪直。如果没有在甪直的这一段的生活经历,他是写不出这些作品来的。

爷爷说:"我真正的教育生涯和创造生涯是从甪直开始的",称甪直是自己的"第二个故乡"。他把甪直比作哺育自己成长的摇篮,对甪直的一草一木都寄予了深厚的感情。一九七七年,爷爷已经八十四岁了,他执意要回甪直,去重温那些难以忘怀的旧事,去看望那些难以忘怀的父老乡亲。

我们的父亲叶至善写过一篇文章,文章中说,在爷爷的一生中,"关心基础教育成了他的习惯,甚至可以说是生命的一部分。但是如果没有在甪直的那一段经历,没有那一段改革教育的实践,后来他会朝哪个方向发展,可就说不定了"。在另一篇文章中他又说:"在甪直的四年半,对我父亲的一生起到了极其深刻的影响,比较起来,我父亲给予甪直的真是微不足道,甪直给予我父亲的却非常之多,怎么说都不过分。"爷爷和父亲的这些话诚恳认真,是发自内心的肺腑之言,分量之重,只有真正理解和了解他们父子的人才掂量得出来。

好的教育是会代代相传的,在那些有志的青年离开甪直以后,许多先进的教学思想和教学方法已经在这里扎下了根,虽然我们不太清楚在后来的几十年里,吴县第五高等小学有着怎样的经历,但是我们亲眼目睹了前任的张洪鸣校长,现任的邹文珍校长,还有所有的老师是怎么实践先辈光荣传统,为家乡培养着一代又一代的接班人的。

爷爷对甪直的爱始终如同远离家乡的赤子,家乡人民对爷爷的爱始终如同盼儿归来的母亲。一九八八年,家乡人民在甪直建立了叶圣陶纪念馆,这一年的年底,他们又把爷爷的骨灰从北京接回了甪直。至此爷爷真的回家了,安安静静地长眠于他和孩子们在一起劳动过的土地。

但是这一切还远远没有结束,甪直和爷爷的深厚情谊一直都在不断地延伸。二〇〇三年,为了纪念在这里实行教育改革和实践的先驱者,家乡人民把爷爷曾经教过书的甪直小学,正式更名为苏州叶圣陶实验小学,这不仅表达了大家对爷爷教育思想的认同,还表达了大家将坚持按照爷爷的教育思想教书育人的信心和决心。

这是一所名副其实的叶圣陶实验小学,说他名副其实,是因为学校里的老师很早就开始了对爷爷教育思想的研究,在几任校长的带领下,老师们认认真真地读爷爷有关教育方面的论述,认认真真地进行着教学的实践和改革。多少年来他们不为社会上应试教育的风气所动,始终按照爷爷的教育思想教孩子。他们教书重在育人,重在培养孩子的良好习惯。说它名副其实还因为,学校的孩子都熟悉爷爷,热爱爷爷,都能讲几段爷爷少年时的故事,都在朝着爷爷提出的"成为一个合格的社会公民"努力。走进校园,浓浓的校园文化会让你感到,叶圣陶这位和蔼可亲的老人家就在孩子们中间,就在你的身旁。这十几年来,我们年年来甪直,年年来叶圣陶小学,和孩子们亲切交谈,听老师们说自己的教学成果,见证了学校取得的进步和成绩,由衷地为你们感到高兴。

今天是十月二十八日,是爷爷叶圣陶诞辰一百二十一周年的日子。我代表我们全家衷心感谢学校的领导和老师精心筹划,把纪念爷爷和庆祝校庆安排在了同一天,这真让我们感动。让我们再次祝愿叶圣陶小学在校长和全体老师的努力下越办越好!

爷爷写的《藕与莼菜》是一篇思念家乡的散文。在文章的最后他写道:所恋在哪里,哪里就是我们的故乡了。各位朋友,各位老师,最后我们想说,爷爷的所恋在甪直,我们的所恋也在甪直,这里就是我们的故乡。

谢谢大家!

二〇一五年十月二十八日

老课本获得了新生
——在中国青年出版社再版《开明国文课本》会上的发言

各位专家、各位朋友、中国青年出版社的同志们:

大家好!

感谢中国青年出版社邀请我和弟弟永和,弟妹燕燕来参加《老开明国语读本》的首发式。刚才几位专家的发言,有的对我们爷爷的教育思想进行了评述,有的对这套老课本给予了肯定,其中都饱含着对爷爷真心的尊敬和热爱,这让我们深受感动。

去年下半年,老课本在社会上引起了人们的关注,受到了人们的赞誉,出于社会需求,先后有几家出版社出版了不同版本的老课本。虽然那些版本也各有所长,但是现在大家手里拿着的这部《老开明国语读本》,让我们看了格外喜欢。出版社的编辑们为今天的读者着想,对这部书做了精心的策划、周密的编排,给了它一个全新的面目。

比如:编辑们在一本书中同时放了横排简体和竖排繁

体两个版本,简体字方便了当代少年儿童的阅读,繁体字不仅让上了岁数的老读者回到当年,找到了怀旧的感觉,还方便了港澳台读者的阅读。如果有心想学习繁体字或简体字的读者,更可以便捷地从一本书的前后页,对照着翻看阅读。这种为读者着想的编辑思想,一直是爷爷提倡和终身实践的。

又比如:编辑们对书中的文和图的搭配做了大量的细致的编排。当年《开明国文课本》之所以受到小朋友的欢迎,是因为爷爷的课文编得好,丰先生的插图画得好,这两位大家的天作之合,成全了这套经典的课本。这次再版,如果缺了他们其中哪一位的作品,都不能称其为《老开明国语读本》。而我们在这里想说的是,为了让横排简体的课文仍旧可以做到图文并茂、配合得当,美术编辑所花费的心血,只有做过编辑的同志才会体会得到。更令人感动的是,他们还从丰先生的画集中,为原本插图很少的高年级课本,配上了与课文意思相近的插图,可见他们的良苦用心。

除此之外,他们还在许多地方做了努力。如:繁体竖排部分,完完全全地保留了原书的全貌;为全书的有些地方加了必要的注释等等,这里就不一一列举了。细心的读者在看过这套课本之后,一定还会发现许多惊喜,会和我们一样感觉到,经过中国青年出版社编辑们的精心打造,《老开明国语读本》获得了新生!

看到这套《老开明国语读本》,不禁让我们想起了上个世纪三十年代的开明书店,想起了开创开明书店的那些老前辈:夏丏尊、叶圣陶、顾均正、傅彬然、周振甫、王伯祥、贾祖璋、宋云彬、吕叔湘、钱君陶等人。爷爷在谈到开明书店的时候说:"我们这些人在意趣上互相理解,在感情上彼此融洽,大家愿意认认真真做点事儿,不求名,不图利,却不敢忽略对于社会的贡献。"他还在开明书店成立二十周年之际特意撰辞勉励大家:

> 书林张一军,及今二十岁。欣兹初度辰,镂金联同辈。
>
> 开明夙有风,思不出其位。朴实而无华,求进弗欲锐。
>
> 惟愿文教敷,遑顾心力瘁。此风永发扬,厥绩宜炳蔚。
>
> 以是交勉焉,各致功一篑。堂堂开明人,俯仰两无愧。

正因为有了这样的一批开明人,开明书店才会出版了许多像《开明国文课本》这样的优秀的青少年读物。

一九八五年十月十九日,九十一岁的爷爷在开明书店六十周年纪念会上说:

> 开明不光为赚钱,我们有所为有所不为:有所为,就是出书出刊物,一定要考虑如何有益于读者;有所不为,明知对读者没有好处甚至有害的东西,我们一定不出。这样做现在叫做考虑到社会效益。我们绝不为了追求经济效益而不顾社会效益,我们绝不肯辜负读者。开明书店的读者主要是青少年,因而我们认为,我们的工作是教育工作的一个组成部分,一个不可缺少的组

成部分，我们做的就是老师们的工作。我们跟老师一样，待人接物都得以身作则，我们要诚恳地以平等的态度对待我们的读者，给他们必要的条件，让他们成长为有益于社会的人。我们当时的确是用这样的准则来勉励我们自己的。

就是在这样一批具有"开明风"的"开明人"的努力下，开明书店才得以在三十年代行业的激烈竞争下站稳脚跟，逐步发展成为主要为青少年读者服务，并颇具影响的大书店。建国后的一九五三年四月十五日，开明书店与青年出版社合并，至此中国青年出版社宣告成立。回顾历史，看着现在出版的这套《老开明国语读本》，我们感到十分欣慰。因为这套书的编辑们，继承了老一辈开明人不求名、不图利、不忽视对社会的贡献，认认真真为读者做点儿事儿的作风。在如今，这一点是非常难能可贵的。

每逢遇到像今天这样的事情，我们很自然地会想起爷爷和父亲，如果他们还在，如果他们看到了现在的这套书，他们会说些什么呢？相信他们一定会满意地点点头吧。我的发言代表了我们一家人对青年出版社的祝贺和感谢！祝贺他们出版了这样一套独具特色的精美的《老开明国语读本》，感谢他们为这套书的出版做出的所有努力！

谢谢大家！

二〇一一年八月六日

尊重孩子眼中的美好存在
——答《中国青年报》记者问

似乎一夜之间,七十多年前的《开明国语课本》成为出版热点,上海科学技术文献出版社于二〇〇三年出版的《开明国语课本》因热卖断货而再版。近日,中国青年出版社推出了民国语文教材共计三套,每套四册。这三套书分别是《开明幼童国语读本》《开明儿童国语读本》以及《开明少年国语读本》,由叶圣陶编写,丰子恺插图。

学者傅国涌先生曾说,小学教科书担负的责任,比任何一个阶段的教科书都要重大。

七十多年前编写的小学教材热销说明了什么?《开明国语课本》对于当今的教材编写又有哪些值得借鉴之处?近日,就相关话题,二〇一一年八月十四日,《中国青年报》记者桂杰采访了叶小沫。

《中国青年报》：据了解，在《开明国语课本》出版时，同时还有世界书局、大东书局和商务印书馆的国语教科书，开明版的国语课本在当时有哪些独特贡献？

叶小沫：随着白话文学的成熟，这种文体的进步也体现在了教材的编纂上。更早出版的《共和国教科书》，内容虽然十分丰富，语言仍有半文言文的残留。一九三二年出版的《开明国语课本》，是爷爷编写的明白晓畅的现代白话文了，这是白话文学的成就在教育上的反映。

当时教材的繁荣与民国时期政府对教育的干涉很少有关。教育部只管教育行政这一部分，仅制定大的方略。而教科书的编纂、课程的具体设置，各地各校都有足够的自由度。教材由民间出版社自发组织人马进行编定，可以把自己的教育理念贯彻其中。民营出版竞争激烈，促使教科书的编纂不断向良性发展。

《中国青年报》：在翻阅了叶老编写的民国语文教材之后，最突出的感觉是很有童心童趣，编者用儿童的视角在和儿童交流，比如，低幼的课文说："小黄狗，你玩皮球，像吃馒头，哈哈。"还有写月亮的："窗子外，月亮圆。像个球，像个盘。像个球，我来玩。像个盘，我来端。"毫无说教的内容，我读给上幼儿园的孩子们听，他们哈哈大笑，很喜欢。是不是这样更容易引起儿童的兴趣？

叶小沫：我爷爷一生关注儿童，一直到晚年依然如此。小重孙女洗澡时说"你看你看，灯掉到澡盆里面了"，这样一句不打紧的童言，爷爷觉得很有意思，会把它记在自己的日记里,这足以看出他是怎么关注孩子的行为和语言的。作为编写者,爷爷有足够的儿童心理学的知识。更重要的是,他足够尊重孩子的世界,尊重万物有灵的美好存在。

爷爷曾经说过,给孩子们编写语文课本,要着眼于培养他们的阅读能力和写作能力,因而教材必须符合语文训练的规律和程序。小学生的语文课本得是儿童文学,这样才能引起他们的兴趣,使他们乐于阅读,从而发展他们多方面的智慧。这对现在的教材编写不无启发。

《中国青年报》:有人注意到,开明版国语课本应用性比较强,比如在课本中有孩子写的《寻猫启示》《借条》等等,而不是枯燥地学习应用文写作。用这样的课本来学习语文是不是效果更好?

叶小沫:在这套教材里,爷爷把我们平日里生活中必须学会的,用文字来表述的那些所谓应用文,比如:写启事,写借条、写信、写日记,写作文、写演讲稿、写调查报告、写游记等,用讲故事设置情节,通过课文来呈现给孩子们。让他们从易到难,由浅入深,在不知不觉中就学会了这些本领。那个时代一个学生在小学毕业后,用他在这本课本上学到的知识,就可以对付生活中遇到的一些实际问题,在社会上工作了。爷爷说:"语文是为了用,不是为了培养作家。"对于教材,他强调学以致用,掌握听说读写的技能。

有一个朋友告诉我,他在清华大学带了几个博士研究生,做实验之前领白大褂,让他们写张借条,他们不知道怎么写,说是要去查查电脑,勉强写了的,字也拿不出手。这些高才生连最基本的东西都不会,是不是与小学语文的"底子"没打好有关系呢?

《中国青年报》:出版《开明国语课本》的那个时期,编纂教材的都是当时的一些我们眼中的大家,张元济、叶圣陶、丰子恺。我们难以想象现在的大作家、大画家会屈身来为孩子编写"先生,早"、"小朋友,早"这样亲切的课文。当时大家写这些看来最简单的文字,为什么不觉得自己是大材小用了?

叶小沫:编教材绝不是一件简单的事情,也不是一件小事情,而是教书育人的大事情。看起来简单的事情,实际上最重要,也最难。爷爷回忆说,开明国语教材出版后,有细心的读者提意见说,蜗牛往牵牛花上爬,要去看牵牛花。课文配的图里,开始上面是一朵花,怎么爬上去就变成三朵了,是不是搞错了?爷爷说,那是因为蜗牛爬得很慢,爬到上面的时候有两朵花又开了。你看这样的感受就是文学的感受,非大家不可。还有,在书中,爷爷改编了很多名篇,比如我外公夏丏尊写的《白马湖的冬天》等,又比如让寓言《守株待兔》以诗歌的形式呈现在孩子们的面前。可见给孩子编写教材更需要文学功力,不能把它当成是小儿科的事情。

《中国青年报》:您觉得今天再把这套书给孩子们当教材合适吗?

叶小沫:照搬肯定不行。不同的时代有不同的语文观,也有不同的评价标准与评价方式。

《开明国语课本》毕竟是七十多年前的读本,前人给我们的启示,在于要遵循教育教学的规律,尊重学生,尊重常识。现在小学语文教科书存在不少问题,想绕过去也不可能,水平不高可以集思广益,良知不够则难以修补。《开明国语课本》七十多年后成为新闻,也给从事与教科书编纂有关工作的人们上了一课。

二〇一一年八月

爷爷的儿童文学全集

二〇〇三年的春天,中国少年儿童出版社的编辑白雪静同志找到我,说社里想为谢冰心、张天翼和我爷爷叶圣陶三位儿童文学的老前辈,出版他们的儿童文学全集,爷爷的这一部想征得爸爸的同意。

我从看过的书中知道,爷爷的第一篇童话《小白船》,写在一九二一年,那是他为郑振铎先生创办的《儿童世界》的创刊号写的,那年他二十七岁。《儿童世界》每周一期,郑先生要稿要得勤,爷爷写得也勤。第二年爷爷在朋友们的怂恿下,把写的二十三篇童话编成一本集子,就用《稻草人》作书名。有人说这是中国的第一本童话集。爷爷的第二本童话集《古代英雄的石像》的出版,已经是九年后的一九三一年了,那里面收了他的九篇童话。除了童话,爷爷还写过儿童歌剧、小说、散文、儿歌……写得最多的,影响最大的,还要数他早年写的那些童话。建国后爷爷工作忙,为孩子写的东西也少了。一九五六年,在号召作家多为孩子创作的年代,尽管工作很忙,爷爷还是把给孩子写东西当成自己的责任,带头为孩子们写了一些散文和儿歌。

也是在一九五六年,中国少年儿童出版社要爷爷选编一本自己的童话集,他选了十篇编成了《叶圣陶童话选》。爷爷把这十篇童话的文字重新整理了一遍。如果我没有记错,爷爷觉得自己的普通话说得不标准,改好之后还特地请张中行先生帮他看过一遍。用他自己的话说:"因为是给孩子们看的,不敢怠慢,总想做到通畅明白,念起来顺口,听起来顺耳。"

"文革"以后,不少少年儿童出版社出版过爷爷的童话集,也有一两家出过他的儿童文学选集。凡经爸爸手选编的,对爷爷当年的文字也都进行了整理,理由该是和爷爷的一样。"因为是给孩子们看的,不敢怠慢,总想做到通畅明白,念起来顺口,听起来顺耳。"但是爷爷的儿童文学全集,在我的印象里,真的好像还从来没有哪家出版社出过。可是我知道,爸爸在编辑《叶圣陶集》二十六卷本的时候,把爷爷的儿童文学作品集成一卷,作为其中的第四卷。在我看来,那该是爷爷儿童文学作品的全部了吧。我对白雪静说,有了爸爸前面的工作,要出版爷爷的儿童文学全集,应该不是一件很难的事情,让我回去和爸爸说说看。

回到家我把这件事情跟爸爸说了,没想到爸爸立刻拿出爷爷在一九八〇年写的《我和儿童文学》那篇文章,指着其中的一段给我看,上面写着:"在儿童文学方面,我还做过一件比较大的工作。一九三二年,我花了整整一年的时间,编写了一部《开明小学国语课本》,初小八册,高小四册,四百来篇课文,形式和内容都很庞杂,大约有一半可以说是创作,另外一半是有依据的再创作,总之没有一篇是现成的,是抄来的。"爷爷还说:"小学生既是儿童,他们的语文课本必得是儿童文学,才能引起他们的兴趣,使他们乐于阅读,从而发展他们多方面的智慧。当时我编写这一部国文课本,就是这样想的。在这里提出来,希望能引起有关同志的注意。"现在算起来,爷爷编这部课本的时候才三十四岁,说这些话的时候已经是八十六岁了。可见他的这个主张从来没有改变过。

我和爷爷、爸爸在一起

爸爸对我说:"如果要出爷爷的儿童文学全集,就要把爷爷在这部课本里的一些作品收进去,那样才能算是他的比较全的儿童文学全集了。可是现在要找到当年的《开明小学国语课本》恐怕不是一件容易的事了。"接着他又说:"我现在在忙着《叶圣陶集》二十五卷的再版,还要写第二十六卷和一本爷爷的传记,顾不上做这件事情。"我看他着急,赶忙说:"找书的事我去和社里说,选编的事情我来帮你。能做的我先做起来,做不了的我再问你。"事情就这么定下来了。

白雪静还真有本事，硬是从人民教育出版社找到了《开明小学国语课本》的孤本。借来后为了能让爸爸看得清楚，全部放大复印出来。交到我手里的时候，摞在桌上厚厚的一叠。看了这些复印的稿子我才知道，作为小学一年级到六年级的语文课本，四百多篇课文，从低到高，由浅至深，从形式到内容，要着眼培养他们的写作能力，还要符合语文训练的规律和程序，爷爷在这上面不知道花了多大的心力。既然爷爷自己都是把它们当作儿童文学来创作的，如果不收到他的儿童文学全集里，该是多么大的一个疏漏啊！我真为能得到爸爸的指点感到庆幸，更为自己对爷爷的东西读得太少，知道和懂得的太少感到惭愧。

我先把这四百多篇课文一一看过，按不同的形式分类。但是课文毕竟有课文的特点，再加上时代不同了，并不是篇篇都适合编到文集里去的。于是我先把我觉得不适宜编进集子里的文章选出来请爸爸过目，又把那些我觉得可以编进集子里的文章中个别字句，按照如今的语言习惯做了一些改动。弄好几篇，就放到爸爸桌子上几篇。我做这些前期的准备工作，为的是好让爸爸少花些心力，少花些工夫。那些日子爸爸虽然忙得没日没夜，身体又非常不好，可他还是今天看几篇，明天看几篇，把稿子一篇一篇地全看了。看的时候他又删去了若干篇，逐篇做了认真的修改，有几篇改动的地方还挺多。让我感到高兴的是，我改动过的地方，大多得到了他的认同。

写到这里我忽然想起，常常有人提议，要保持作者作品的原貌，不对作品进行一丝一毫的改动。我想，就研究某人的作品而言，这样做也许真的有他的道理。如果是为了给广大的读者看，这种做法不合适，在爷爷和爸爸那里是绝对行不通的,他们认定作品一定要对读者负责,因此每次再版和选编,都会认真细致地修改一遍,以适合当时读者的阅读需求。如果改动的地方比较多,他们还会在后记里做必要的说明。对成人尚且如此,更何况是对孩子。就像爷爷说的,"不敢怠慢"。这些都是题外话了。

最后,爸爸从这套课本里选出来的这些文章,有九十二篇加进了全集里。其中儿童生活故事十三篇,童话十六篇,散文二十二篇,小说一篇,诗歌十七篇,小话剧五篇,再创作的作品十八篇。我把这些修改过的文稿,清清楚楚地誊写在稿纸上,赶在出版社规定的时间之前,交给了负责选编这部全集的编辑白雪静。

白雪静把全集分成了上下两卷。这样每一卷都不至于太厚,孩子们看起来就方便多了。上卷收的是童话、生活故事、散文,下卷收的是小说、儿歌、小话剧和再创作的作品,共收入爷爷的儿童文学作品一百九十二篇。在集子的插图上,白雪静也很下了些功夫,除了请画家谢志高为全集画了多幅新的彩色插页,文中还保留了全部原作发表时的插图。为此,她向我借去了所有童话集的最初版本,还用扫描技术把《开明小学国文课本》的图也全都扫下来配在了原文中。这部课本的插图,都是丰子恺先生画的。

爷爷在一篇文章中说:"这几本童话集的插图,我都很喜欢。《稻草人》是许敦谷先生的钢笔画,《古代英雄的石像》是丰子恺先生的毛笔画,《叶圣陶童话选》是黄永玉先生的木刻。丰子恺先生和黄永玉先生是国内国外都知名的画家,许敦谷先生比他们早,现在知道他的人不多了。在二十年代,许先生为儿童读物画过不少插图,似乎到了三十年代,就看不到他的新作了。好的插图不拘泥于文字内容,而能对文字起画龙点睛的作用,许先生的画就有这个长处,因而比较耐看。他的线条活泼准确,好像每一笔下去早就心中有数似的,足见他素描的基本功是很深的。丰先生和黄先生的插图,功力也很到家。对儿童文学来说,插图极其重要,是值得研究的一个方面。"这里要说明的是,童话《瞎子和聋子》是爷爷过世一周年时,《儿童文学》为了纪念他重新发表的。当编辑部的同志,特地请华君武先生为这篇童话插图,华先生欣然接受,于是为爷爷的这部集子插图的著名画家,就增加了一位。

二〇〇五年四月,《叶圣陶儿童文学全集》终于出版了。精美的装帧,富有特点的插图,这在爷爷出过的书里还真不多见。书的出版说明中写道:"此次编辑,我们还在叶至善先生、叶小沫女士的帮助下,对叶圣陶所编写的《开明小学国语课本》进行了选编,让许多几乎失传的作品,重新与读者见面。"这话说得不错,因为这部集子,不光是爷爷那些几乎失传的文字显得格外珍贵,就是爸爸对爷爷作品的选编也是最后一次了。就在这年的一月,爸爸因为劳累过度,生病住进了北京医院,从此一病不起。当我拿着精美的《叶圣陶儿童文学全集》的样书,满心欢喜地送到爸爸手里的时候,爸爸已经用上了呼吸机。他拿着书摸了又摸,却什么也不能说了。看着躺在病床上的爸爸,我的心中充满了悲伤……

感谢中国少年儿童出版社为我的爷爷出版了他的儿童文学全集,感谢白雪静同志为这部书所做的大量的编辑工作。

二〇〇五年十月四日

我们为什么要整理出版《干校家书》

我们收拾爷爷爸爸留下来的东西,在杂乱的文稿中发现了一个塑料口袋,里面装着爷爷和爸爸"文革"时期一九六九年、一九七〇年、一九七一年、一九七二年的通信。

爸爸一辈子陪伴在爷爷身边,除了几次短暂的分别,几乎没有离开过他。"文革"期间爸爸去了河南的团中央"五七"干校,在干校这三年多的时间,是爸爸离开爷爷最长的一段时间,也是他们父子之间通信最多的一段时间。爷爷有个习惯,每每复完信,来信就随手撕掉。因此,尽管爷爷一生写了不计其数的信,尽管和爷爷通信的人当中不乏他那个时代的名人,但是爷爷没有留下他们的来信,家里自然也就没有收藏。常有人会问起这件事,我们刚好借此机会做个交代。当然也有例外,抗战期间爷爷举家南迁,在四川住了八年。在那个家书抵万金的年代,爷爷和上海的朋友们的通信被双方编号保存,于是才有了后来的《渝沪通信》。而这次爷爷和爸爸互相保留下来的通信,应该是最多的一次了，整理下来竟有五十三万多字。可见爷儿俩彼此都很珍惜这些信件，把它们当作宝贝一样收藏起来，才使我们有机会看到他们父子间的倾心交谈，体会到他们那种非同一般的父子之情。

翻看阅读这些家信，我们好像又回到了"文化大革命"那个特殊的年代，爷爷留守京城的日子，爸爸在潢川干校的生活，我们下乡插队的岁月；大到全球、全国、北京，小到东四八条的家，兄弟姐妹、亲朋好友、同事同学中发生的事情，信中写到的人和事，又一幕幕重现在眼前。面对善良和天真的爷爷爸爸，看着他们对现时的豁达乐观和对未来的憧憬希望，我们有的不光是愉快的回忆，更多的是说不出来的沉重。这其中是好是坏，是是非非，是悲是喜，复杂的心情实在没法用文字来表达清楚，但是有一点是可以肯定的，这信中的爷爷就是那个时代的爷爷，这信中的爸爸就是那个时代的爸爸，还有那个时代的我们，那个时代的人和事，真实得没法再真实，确切得没法再确切，而这一切都没法改变，也用不着改变。

看这些信我们还有一个非常强烈的感觉，那就是在"文化大革命"时期，我们一家人就像是爷爷童话里写的那个，被透明的薄膜包裹着的快乐的人，看一切事物都是美好的快乐的，去上山下乡啊，到五七干校啊，参加拉练啊，等等等等，和后来有的人写到这些事件时，有着截然不同的立场和观点。这可能会使一些人感到困惑和不解，甚至反感。造成这么大的反差的原因实在是太多了，我们不想诠释，也诠释不了。如今的我们对那个时候的许多事也有了不同的看法，却不想对那些事和那些感情全都给予否定。让当时的美好和快乐就留给当时吧,尽管现在看起来有不少事情未免幼稚可笑,有些甚至荒唐苦涩,但是那一切都是真实的和真诚的。

爷爷在抄书

其实早在几年前我们就想起过这些信,觉得爸爸在给爷爷的信中写到的干校放牛的生活很有趣很好看,应该整理出版。后来在我们的催促下,爸爸似乎也真的又看了一遍这些信,不知道是因为忙顾不上,还是看了之后倒有了些不堪回首的滋味,他始终没有再提起这件事,只挑选了其中的一小部分,放在了爷爷的《叶圣陶集》的书信卷里。现在我们再看这些信的时候,也没有了最初的那份轻松,多了的是些许的沉重。但是又觉得这毕竟是"文革"时期的真实的记录,是对历史多少有一些价值的东西,应该把它们整理出版。如果爷爷爸爸都还在,不知道他们会不会同意我们这样做,为此我们总是有些忐忑不安。

我们不知道读者看了这些信以后,是不是依然会像以前那样看待爷爷和爸爸,依然对他们父子两个有着一些热爱和尊重。而作为他们后代的我们,却的的确确从这些信里更多了些对他们的了解,对他们的理解和对他们的热爱。尤其是他们父子间的亲情和对我们这些晚辈的关爱,以及他们以他们的仁爱之心所面对一切人和一切事的态度,更让我们不知用什么样的言辞才能恰如其分地给以赞颂。又一想,信既然摆在了读者面前,一切就让读者自己去感觉吧。我们整理出版这本家书,本不是为着听人们说些赞美之词,只是想让人们知道,在"文化大革命"的年代里,有一家人是这样思考和生活的;而它或许能从一个侧面记录和反映那一段的历史。这大概是我们整理出版这些家信的最最原始的初衷。

还有几点想在这里说明的:

尽管爷爷爸爸保存了这些信,但还是免不了有遗失。除了遗失的,我们把所有可以找到的信都编进了这个集子里。这三年多的几百封信,除了爷爷装订好的爸爸给他的一九七○年、一九七一年、一九七二年的信以外,一九六九年爸爸给爷爷的,和一九六九年、一九七○年、一九七一年、一九七二年爷爷给爸爸的信都是散落的。父子俩写信,落款上常常不写明年代只写明月日,有的干脆连月份也不写,于是我们只好根据不同年代的信纸,不同的季节,不同的事件,把信一封一封对应起来。尽管用了心思,有没有对应错的还真说不准,如果哪位细心人看出来了,还望能帮我们指出来。

为了反映和保持那个时代真实的爷爷爸爸,这里发表的几乎是信的原文,只有极个别的地方做了非常少非常少的删节。就因为删节得太少,以致使这些信看起来不那么紧凑,不那么集中。我们甚至担心,其中许多非常琐碎的家事,我们这些做晚辈的看了会觉得很亲切,可是不知道会不会让看这本家书的人感到厌烦。可是再想想,家信就是家信,就是爷爷爸爸这样的人,在对待家事上也免不了婆婆妈妈、儿女情长。又想,这或许更能让人们看到他们父子不太为人知的另一面吧。

在爷爷和爸爸的信中,常常会提到我们姐弟俩,那时候我们一个在黑龙江生产建设兵团当农业工人,一个在陕西延长插队当农民。爷爷爸爸对我们的思念和关心、鼓励和教导,也都留在了这一封封信中,真可以说是无微不至、感人至深。现在再看看这些信,平添了好多那个时候那个年龄不曾有的感受,复杂的心情一言难尽。

对于编辑出版书籍工作,我们都是外行。在这些信整理好之后,我们请朱正叔叔帮我们看了一遍。朱正叔叔是爸爸的好朋友,又是编辑大家,爷爷和爸爸的文字让他看过,应该是可以放心的了。最最让我们高兴的是,他还答应为这本书写一个序。

最后要说的是,感谢人民出版社的张秀平编辑,她从朱正叔叔那儿听说了我们在整理这本家书,就非常执着地向我们邀约,一定要我们把这本书交给他们来出。还说一定会把书出好,这样才对得起两位过世的老人,才能表达她对两位老人的敬重,她的真诚让我们别无选择。感谢永和的爱人蒋燕燕和她的哥哥蒋新华,帮我们做了大量的文字和照片的整理工作,信件的核实非常繁琐,而那些照片真实地记录了当时的历史,看了或许会引起不少读者的回味。还要感谢爸爸的那些老同事,他们听说了这件事,送来了他们至今还保存着的当年干校的照片,要知道那个年代,照相是一件奢侈和不易的事情,因此就显得尤其珍贵。

叶小沫　叶永和
二〇〇六年五月二十四日

写给小读者

——写在重新出版的《开明国语课本》前面的话

亲爱的小读者:

摆在你们面前的是一套七十多年前的语文课本,是给那个年代和你们一样大的孩子学习语文用的。编这套课文的是你们熟悉的叶圣陶老先生,在你们学习的语文书里就有他的作品。为这套课文画插图的是丰子恺老先生,许多同学看过他画的画,看着也会觉得很亲切。如今两位老人家都过世了,给我们留下的是这套好看的课本。

叶圣陶老先生是我的爷爷。十多年前,父亲让我收集爷爷在《开明国语课本》中的儿童文学作品的时候,我第一次看到了这套老课本。看了从一年级到六年级的四百多篇课文我才知道,为了教给孩子们听、说、读、写这些在语文方面的基本技能,从低到高,从浅到深,从形式到内容,爷爷为编这套课本,真的是花费了很大的心力。

这套课本的课文里,说的都是孩子们的事儿:上课、游戏、种植、开班会、去秋游、给妈妈过生日、帮同学补习功课……你们读着会觉得又熟悉又亲切。课文用的是你们喜闻乐见的儿歌、诗歌、童话、故事、散文、小说、小话剧……是充满了童趣的儿童文学,你们读着会觉得一点儿不累,像是在读让人喜欢的课外书。

这套课本的课文,从教孩子们识字开始,随着课程的进展和年龄的增长,让孩子们在不知不觉中渐渐地学会了用词、造句、作文;学会了写借条、写收条、写告示;学会了写信、写日记;学会了写考察报告、写演讲稿……所有这些我们在日常的生活和工作中要用到的文字的最基本的本事,如果认真照着书中说的去学去做,一点儿不难,都能学会。爷爷还精心地编写了课后的练习。如果你愿意,不妨做做这些题目,它能教你学会阅读、学会思考问题、学会欣赏文学作品和学会写作文。爷爷说:学习语文就是要学会听、说、读、写这四个本领,这套课本正是按照他的这个想法编的。

我在看这套老课本的时候发现,爷爷平日里是怎么教我们的,在他编的课文里就是怎么写的。比如:他不愿意让孩子做只读书不关心天下事的人,课文里就有声讨日本侵略中国的罪行、人民奋起抵抗日本侵略军的事迹;孙中山先生为救中国不断和黑暗势力斗争的故事……比如:他一向尊重工人农民,课文里中就有希望孩子们长大成为能种出粮食供人们吃的农民,能织出布来供人们穿的工人的主张……比如:他希望孩子们眼界开阔、见多识广,课文里就介绍了许多当时先进的科学技术和科普知识……比如:他以为做人要事事处处为别人着想,在课文里就写了不少遵守社会公德的小故事……比如：他提倡孩子们从小养成动手动脑，学会自学的本领，在课文和练习里就有许多启发孩子去观察去实践的例子和习题……

爷爷一向认为，学习语文不只是学习语文的基本知识，还要学会感受一切事物的真善美，还要学会懂得怎样做事和怎样做人。爷爷想要孩子们接受这些好思想，他靠的不是说教，而是把这些道理都编在了每一篇课文里，孩子们在学习课文的时候，这些主张、这些思想、这些感情，就不知不觉地渗透到了孩子们的心里。我说的这些，都是我在看这套老课本时的感受，不知道你们看过之后，会不会同意我的这些看法。

不过老课本就是老课本，在认真看过以后你们就会发现，除了语文的基本知识没有很大的改变，课文里面的很多内容和现在都大不一样了。不过我想，这没什么不好，可以让你们知道，在那时候的孩子，他们都在想些什么、做些什么。

二〇一一年二月九日

《叶圣陶教育语录》序

九十六年前,我的爷爷叶圣陶来到苏州甪直,在吴县第五高等小学当老师。爷爷对当时的教学内容和教学方法很不满意,和几位志同道合的朋友一起,做了许多有意义的改革和尝试。在这里爷爷尝到了当教师的"甜津津的味道",说"我真正的教育生涯是从甪直开始的"。他还深情地把这里称为他的"第二故乡"。在之后的七十多年间,教育的改革和创新始终是爷爷在不断思考和实践着的课题,并贯穿他的一生。现在,越来越多的老师觉得,爷爷的教育思想依然是他们在教学中可以学习和借鉴的,苏州一带的老师们甚至提出,要"像叶圣陶那样做老师"。

家乡人民对爷爷的爱一往情深。二〇〇三年,为了纪念爷爷,他曾经教过书的小学正式更名为苏州叶圣陶实验小学。这是一所名副其实的叶圣陶实验小学。说它名副其实是因为,学校的老师很早就开始了对爷爷教育思想的研究。在几任校长的带领下,教师认认真真地读爷爷有关教育方面的论述，认认真真地进行着教学实践和改革。多少年来他们不为社会上应试教育的风气所动，始终坚持着按爷爷的教育思想教孩子。他们教书重在育人，他们教书重在培养学生的良好习惯。说它名副其实还因为，学校的学生都熟悉爷爷，热爱爷爷，都能讲几段爷爷的故事，都在朝着爷爷提出的"成为一个合格的社会公民"的方向努力。走进校园，浓浓的校园文化会让你感到，叶圣陶这位和蔼可亲的长者就在你的身边。

早在二〇〇六年，学校的老师们就在认真读书、认真实践叶圣陶教育思想的基础上编辑了一本《叶圣陶教育语录》，这是他们多年来的学习心得、学习成果。他们之所以要编辑出版，为的是想让更多的老师能通过这本书，对叶圣陶的教育思想有一个大概的了解，引领大家更深入更全面地学习。《叶圣陶教育语录》的出版果然受到了大家的欢迎，不只是老师，很多热爱爷爷、研究爷爷的人听说有这样一本书都来索取，为此学校不得不在二〇〇八年加印了一次。明年是爷爷诞辰一百二十周年，叶圣陶实验小学的老师们对《叶圣陶教育语录》重新进行了认真细致的修订，以满足学校老师和兄弟院校老师的需求，并以此来纪念这位他们深爱着的教育前辈。

前几日，叶圣陶实验小学的文珍校长把准备再版的《叶圣陶教育语录》的书稿拿给我看。她说这一次修订，他们仍以《叶圣陶教育文集（五卷本）》为主要蓝本，同时通览了二十六卷本的《叶圣陶集》，选摘并补充了一些论述，力求使之更加充实完整。我翻看书稿，其中分为：教育目的、教学理念、教师修养、尊重学生、学生主体、教师主导、教学方法、注重实践、文学鉴赏九个方面,共计六百一十多条论述,几乎涵盖了爷爷教育思想的方方面面。看着《叶圣陶教育语录》,让我对叶圣陶实验小学的老师们肃然起敬,如果不是出于对爷爷教育思想的笃信,不是在教学实践中真正尝到了甜头,不是对爷爷发自内心的热爱,不是真心想把爷爷的教育思想传播出去让更多的人受益,一所小学的老师,怎么可能从爷爷那么多有关教育的论述里,选编出这样一本颇有实用价值的语录来呢?通读著作、挑选条目、分门别类、写出每一节的概述,所有这些就是对于专业的编辑人员来讲,也绝非是一件轻而易举的事情,但是他们做到了。更值得赞许的是,他们在每一条论述的后面都标明了出处,方便想深入学习的人去查看有关论说的原文。

文珍校长让我为这本《叶圣陶教育语录》写序,我愉快地答应了,于是写了上面这些话。我想借此表达我对叶圣陶实验小学所有老师的敬意和感谢,我盼望着这本书能在学习叶圣陶教育思想的热潮中受到广大老师的欢迎,发挥它应有的作用。

二〇一三年九月十日教师节写于深圳

中学时代为爷爷的一生开了个好头

叶圣陶先生早年是苏州公立第一中学的学生,这所百年老校就是现在的苏州市第一中学,当年它坐落在玉带河草桥南堍路东,因此又被当地人称为草桥中学。为了让同学们对这位老校友有更多的了解,一中的语文老师特地选编了这本《叶圣陶文学作品集》,为的是让大家通过读他的作品,更好地了解他的作文和做人。叶圣陶先生的文学作品很多,老师们精心挑选了适合同学们阅读的小说、童话、散文和诗歌共四十多篇,并认真地为每一篇作品写了"阅读提示"和"赏析品鉴"。老师们的这份真心诚意,同学们在阅读这本书的时候,一定会深切地体会到。做老师的总是想着要把最好的东西送给学生,这本由他们编选的《叶圣陶文学作品集》,就是一个很好的例证。

叶圣陶先生是我的爷爷,一中的老师希望我能为这本集子写一篇序,我很想借这个机会和同学们说说话,于是就愉快地答应了。在这里我不想解读爷爷的这些文学作品,有了老师的指导,你们的阅读收获一定比我说的深刻得多,我想说的是爷爷在你们这个年龄,在你们的这所学校的那段生活,看看中学时期的叶圣陶都在想些什么,做些什么。

上个世纪的一九〇七年,爷爷以优秀的成绩越级考入了新创办的苏州公立第一中学,成了这个学校的第一批中学生。在那个时代,这是一所按现代教育办的全新的学堂。和旧学堂不一样,学校开设了国文、英文、算学、博物、经学、修身、历史、地理、化学、体操、唱歌和图画等新式课程,老师创造各种条件,鼓励学生们自由发展。中学是青少年成长最活跃的阶段,又赶上中国正处在从改良主义的"维新运动",过渡到民族革命运动的大变革年代,爷爷在草桥中学五年的生活,为他的身体、学习和思想的成长,都打下了很好的基础,更为他一生的发展开了个好头。咱们一起来回顾一下他做过的几件事。

开始写日记

一九一〇年十一月二日,爷爷开始写日记,在日记前面他写了一篇小序。在这篇二百多字的序的最后他写道:"以今日为十七岁之第一日,故即以今日始。且我过失孔多,己而察之,志之日记;己而不察,人或告之,亦志之日记:则庶以求不贰过也。"从这句话看,爷爷写日记的初衷不过是为了自省,记录自己的过失,以求不再重犯。其实从一开始,他在日记中记的就不只是检讨和改过,更多的是他的学习、生活、工作和交游。从那以后,爷爷坚持天天写日记,以至于像刷牙洗脸一样成了习惯,直写到九十多岁视力衰弱得看不见才停笔。爷爷的一生挺长,活了九十七岁,经历了清朝末年、辛亥革命、五四运动、抗日战争、解放战争、建立新中国和包括"文化大革命"在内的历次运动。毫不夸张地说,他详细的日记,就是一部他生活的那些年代的史记。除了散失了的十几年,整理下来有七百多万字,不久将会出版。不能忘记的是,爷爷写日记,始自中学时代。

参加军事训练

草桥中学的校长袁希洛是著名的教育家。他推崇武功,认为"上课钟当为醒世钟,操场当视为战场,学生当自认为军人"。在他的倡导下,学生们参加了许多军事训练。爷爷小时候身体比较柔弱,在草桥的军事训练,让他喜欢上了体育。他的日记里记录了许多训练时的片段,随便摘取一段:"午后即雨。第五时体操,诸人皆欲于雨中演习战攻,魏先生允之。遂先至钟楼头,令五六人为敌人而已破城而入者,其余则皆为拒之者。继则复云敌人在北局一带,乃出决死队拒之而与巷战,每队五六人,队队所行之路不同。是时雨甚大,衣尽湿,及至北局,获敌二人,旋即归校。"三年多的军事训练,让弱不禁风的爷爷变得健康和勇敢。直到中年,爷爷还写过一篇散文,回忆中学时代《掮枪的生活》,他在文章的最后说:"从前的掮枪生活,现在回想起来,颇带一些浪漫意味。这在当时主张军国民教育的人来说,自然是失败了。然而我们这批人的青年生活却因此得到了一些润泽。"

结社和办报

中学时期,爷爷的爱好颇多,他喜欢作诗词,喜欢刻图章,喜欢写扇面,还热心地把这些本事教给同学们,因此深得同学们的信任。爱好文学的同学聚焦在一起,创办了"放社",还推举爷爷做盟主。大家经常聚在一起吟诗、连诗、填词、嵌字、对对子。一九一一年五月,爷爷和几个好朋友,受社会上革命志士为了唤起民众争相办报的影响,办起了年级小报《课余》,后改名《课余丽泽》。他在二十九日的日记里写道:"晨到校绝早,书玉忽提倡组织一种专讲科学之印刷物,以发行于校中。余遂取名曰《课餘》,因作发刊词一首,其他撰稿者则笙亚、书玉、藩室也,而怀兰专任图画。至课毕时共出四张,又画二张,以后则每日画一张也。诸同学皆出纸,订阅几遍全堂。"爷爷这里说的"全堂"就是全校。一张钢笔版油印小报,引得全校的同学都来订阅,后来学校各年级纷纷效仿,办起了属于自己年级的报纸。看来,无论是当年还是如今,处在中学时期的学生,都喜欢探索和创新,这种精神永远鼓励年轻人上进。这中学时代的结社和办报的经历,是爷爷走上文学和编辑道路铺下的第一层路基。

剪掉辫子

一九一一年十月十日,中国爆发了震惊中外的辛亥革命。十一月四日,革命党人从上海来苏州,没费一枪一炮苏州就光复了,革命形势令爷爷兴奋不已。当时拥护辛亥革命的人掀起了剪辫子的潮流,留辫子意味着支持清朝政府,剪辫子表示拥护辛亥革命。一九一一年十月五日,爷爷剪掉了在他头上长了十几年的辫子,他非常认真地对待这件事情,把它看成是新生活的开始。在那一天的日记里他写道:"盖近日同学中剪去者已十之八矣。余应之,即请令时捉刀。'嗑榻'一声,'豚尾'之嘲已解,更徐徐修整,令之等长。揽镜自照,已不出家僧矣。而种种居止行动得以便捷,则我生自今日始也。"

投稿书情怀

一九一一年的十一月,苏州有了第一张铅印的《大汉报》,只有十七岁的爷爷为此写了一首七古《大汉天声》,抒发自己的壮志和情怀。十一月二十一日,《大汉报》刊登了爷爷这首充满激情的词。二十二日爷爷在日记中录下了整首诗:"黄鹤楼高高百尺,登楼一呼咸感格。三吴灵秀肯人后?一夜城头旗尽白。……未流点血飞一弹,妇欢孺悦次改革。……起我同胞扬轩辕,保护我自由,张大我汉魂,世界末日君上存。"词的前面几句说的是苏州光复的经过,当时学校用挂白旗来表示大家"雪耻"的决心。词的最后几句,爷爷写下了自己的希望,要"起我同胞扬轩辕,保护我自由,张大我汉魂,世界末日君上存"。不难看出,中学时期的爷爷就已经是一个满腔正义、以天下为己任的热血男儿了。从此,这样的凛然正气贯穿于他的一生,无论在什么年代,他都站在战斗的前沿,用他手中的笔,发出自己的声音。

交结好朋友

草桥中学是一所好中学,聚集了一批优秀的年轻人。爷爷在这个时期就结交了许多好朋友,每逢礼拜天同学们就聚集在一起,或者到茶馆,或者到苏州的园林,讨论时事政局、谈天下大事。爷爷在提及他早年的交友时说:"作诗词,作画,刻图章,游西郊诸山,而常入茶馆吃茶,同学间畅谈无禁,往往至数小时,尤为今人所弗晓。时作玄想,好谈国外新事物,颇受上海报章杂志影响,古诗文与新译作并为课良伴。"看爷爷这段文字,不禁让人想起毛主席的几句描写自己年轻时的诗词:"恰同学少年,风华正茂;书生意气,挥斥方遒。指点江山,激扬文字,粪土当年万户侯。"看来那个年代,有志向的年轻人大多是这样的。爷爷中学时代的朋友,很多成了他一生的至交。顾颉刚、王伯祥、吴湖帆、吴宾若等一批优秀的人才,在以后的日子里互相帮助、互相提携、风雨同舟,为国家和人民做出了贡献。

中学毕业后,由于家境清贫,爷爷的父亲年迈,年仅十八岁的爷爷不得不担负起家庭生活的重任。他中断了学业,开始了他的教师生涯。草桥中学是爷爷中止学业的地方,可不是爷爷终止学习的地方,在中学学到的那些本领,支持着他不断地自学。凭着自学,他从小学教员开始,一直做到大学教授;凭着自学,他从编辑第一份稿件开始,一直做到编辑全国中小学生教材的统领;凭着自学,他写小说、写童话、写散文、写诗歌,跟着时代的脚步,讴歌祖国和人民,和一切不合理的事情做斗争。

但是我们不能忘记,所有这些都开始于爷爷的中学时代。一所好的学校,一位开明的校长,一批热心的老师,一些志同道合的朋友。爷爷就像一粒饱满的种子,落在了草桥中学这片肥沃的土地上,充足的水分和阳光使爷爷健康茁壮地成长,在到社会上经历风雨见过世面之后,成长为对祖国和人民有用的栋梁之才。

看到这儿同学们可能明白了,我想和大家说的是,中学时代同样是你们的黄金时代,你们的学校依然是那所有着优良传统的好学校,你们的校长依然是有着远见的好校长,你们的老师依然是有着强烈的责任心的好老师,你们依然是一批朝气蓬勃渴望报国的好学生。向你们的前辈学习,肩负起你们的责任吧!爷爷说过:"文当然要作的,但是要紧的在乎做人。"希望你们能永远把这句话记在心上。

最后我还想和同学们说一句话,那就是:很多人热爱尊重爷爷,称他为文学家、教育家、编辑出版家,但是爷爷这一辈子从来没有想过要成什么名,成什么家,有一件事他坚持了一生,那就是,认认真真做好他要做和他必须做的每一件事。

二〇一六年六月二十九日 深圳

(此文是作者为苏州一中所编《叶圣陶文学作品集》写的序)

爸 爸

爸爸教我做科普编辑

"文革"后的一九七七年的七月,在《中国少年报》筹备复刊的时候,我幸运地被报社录取,成了新闻工作者中的一员。在快要出报的时候,总编辑沈腴正同志把我叫到了她的办公室,她对我说:"社里缺少科普编辑,想调你到知识组去工作,你有什么意见没有?"这个决定多少让我觉得有点意外。因为在这之前,我已经

我的爸爸叶至善

和少先队组的老编辑出差去过湖北、四川等地,写回了有关少年英雄何运刚的报道,第一次的采访就被用在了试刊上,我以为我会因此留在少先队组;我也曾想过,我的爷爷爸爸都是儿童文学方面的专家,或许我会被调入文艺组;单单没

有想到的就是会让我去知识组。我先是一愣，可是马上回答说："我喜欢科普，我会努力去做，不过我连高中都没毕业，没有专业知识，不知道能不能干好。我试试看吧。"就这样，我成了一名科普编辑。

后来我才琢磨过味来，社里叫我到知识组，是因为我爸爸是一位老科普编辑。他们相信，碰到什么问题爸爸一定会帮助我的，有了爸爸的帮助，我应该可以做好这个工作。后来的事实也证明，他们的这个决定是对的。

爸爸告诉我：不会就学

总编辑找我谈话的当天晚上我就把这事儿告诉了爸爸，还说我什么也不懂，怕干不好。爸爸说："怕什么，不懂就问，不会就学，一边学一边干，只要用心去做，就没有做不好的事。"

爸爸告诉我，《中国少年报》的科普版是办给孩子看的，它涉及的知识不会太深，但是涉及的方面非常广，要每个学科都设一个专门的编辑是办不到的。因此要做好科普编辑，就要不断地充实自己，知识越广博越好，如果知识不广，许多稿子就处理不了。编辑是被动的，读者需要什么，你就要去组织什么样的稿件；作者在来稿上写到哪个方面的知识，你就要能鉴别会修改。在这个时候你不能说"对不起，我没有这方面的知识"，就不组织不处理这一方面的稿件。所以对科普编辑来说，几乎没有用不到的知识。在知识的深度方面，编辑不如作者，跟专家更没法比；可是在广度方面，编辑一定要超过任何作者，任何专家。

爸爸对我说，中学课程的各学科知识，做少儿科普的编辑最好都能明白和记住个大概,在这个基础上,不断吸收和积累新知识。要养成随时随地学习的习惯。在工作中学,在生活中学,在调查研究中学,在参观访问中学。审读稿件时学,向作者约稿时学,向专家请教时学,总之时时处处都要留心,只要留心了就可以学到东西。

爸爸说书要读得杂,不论哪个方面的都要读,否则就成不了"杂家",就不能满足工作的需要。我们知识组就请社里订阅了许多当时的科普期刊:《知识就是力量》《科学画报》《天文爱好者》《地理知识》《舰船知识》《植物》……阅读这些期刊,了解和捕捉科学领域里的新消息,是我平日里花费最多时间学习的。爸爸说对中学的各个学科要有个大概的了解,我就用业余时间把中学的课本拿来看了一遍。

爸爸说要养成随时随地学习的习惯,我在平日里就格外留心:看到树看到花的时候,就想弄清它们的名字和分类;吃到鱼的时候,就想弄清楚是河鱼还是海鱼;看到小鸟就想知道它的名字,是留鸟还是候鸟;去工厂参观的时候,向工人们详细询问每一道工序,知道一个产品是怎么制造出来的,回去写成稿子介绍给孩子们。我还经常去听一些专业方面的科普讲座,参加科协组织的青少年的科技活动。无论哪一次活动,都能让我接触到新鲜的知识。

我不排斥任何知识,不断地充实自己,对一些常常碰到的问题,就能掌握和了解个大概。可是这还差得远,在开始的几年里,我无论碰到哪一方面的稿件,都要去查看相关的资料,如果还是弄不清楚,就去请教这方面的专家。那时候我们经常会去找专家,有的时候是请他们帮我们解决一些疑难,有时候是请他们为孩子们写有关某一方面的稿件,有的时候是请他们帮我们把关审读来稿,更希望借此机会和他们聊聊天,听他们讲讲正在研究的课题,向他们请教该向孩子们介绍些什么知识。专家们都非常热情,知道我们是给孩子们讲科普的就更加热心。和他们交谈可以当面向他们发问,解决许多我事先想要知道的疑问,很多时候比看书看杂志的收获还要大。

爸爸告诉我:要了解你的读者

爸爸对我说:编辑的一切工作都是为了读者的,一切工作都要设身处地为读者着想。要切实做到这一点,就要了解自己的读者。了解你的读者的年龄、爱好、兴趣、学习情况、语言习惯、知识水平、思考方式、理解能力,了解他们需要知道哪些东西,看看可以帮助他们解决哪些问题。只有把一切了解透了,才能做到循循善诱。有些科普读物不受孩子的欢迎,问题大多出在对孩子不够了解上。

爸爸说的这一点,是做一个编辑必须时刻放在心里的,作为少儿科普编辑,尤其要时时提醒自己。在最初的几年里,我会常常向自己提出这样的问题:你想要向孩子们介绍的知识他们需要吗、感兴趣吗?如果需要也感兴趣,你面前的这篇稿子孩子们能看得懂吗?如果可能会看不懂,要怎么写才能使他们可以看懂呢?这样的思考一直保持至今,使我养成了一个非常好的习惯:看到一篇稿子,在决定用还是不用,改还是不改,如果改应该怎样改的时候,或者在确定发稿选题的时候,我第一个想到的是我的读者,第二个想到的是我的读者,第三个想到的还是我的读者。一切从这一点出发,编辑的稿子就会有的放矢。无论是在讲基础知识的时候,还是在介绍新的科学技术的时候,我都会顾及他们的需要、他们的接受能力、他们的兴趣爱好;都会考虑在知识的介绍上要把握到怎样一种程度,在文字的运用上如何做到通俗易懂,以及采用什么样的形式更适合介绍这个知识,更能引起孩子们的兴趣,更易于让孩子们接受。

要做好这一点,就像爸爸说的,要了解自己的读者。我去到孩子们中间开调研会,平日里见到孩子就会和他们聊天,除了了解他们的学习、生活、兴趣、爱好,还特别关注在科普方面他们想知道些什么,在看哪些方面的科普图书,最近他们关心和争论最多的话题是什么。还有一个了解孩子的途径,就是阅读孩子的来信。那个时候报社每天都会接到大量孩子的来信,群众工作组会把和知识有关的来信分给我们组。爸爸对我说,读者的来信来自全国各地,反映的情况和要求最广泛最及时,又是自己送上门来的,不好好利用太可惜,也对不起给咱们写信的读者。他们是出于对咱们的信任,才给咱们反映情况和提出要求的。他要我坚持阅读和处理小读者的来信。爸爸说得真对,我常常能从孩子们的来信里了解到他们在想些什么,需要些什么,是我在制定选题和组织版面的时候,必须依据的一个方面。事实证明,很多好的有针对性的选题,往往就出自孩子们的来信。

爸爸告诉我:要交许多作者朋友

爸爸告诉我,编辑是读者和作者之间的桥梁,编辑一定要当好这座桥梁。每个编辑都应该和若干个作者做知心朋友,知道他们的工作情况和生活情况,熟悉他们的著作,知道他们善于写哪一方面的文章,包括行文的风格。还得知道他们目前在想什么、做什么,关心着什么方面的问题。他说,做报纸和期刊的编辑和做图书的编辑不同,图书编辑一年发几本稿子,每本稿子只要和一两位作者打交道。可是报纸和期刊的编辑,一年多则五十几期,少则十二期,每期都要和几个甚至十几个作者专家打交道,咱们就有更多的机会向专家和作者学习,从他们那里学到更多的知识,得到更多的信息。这样特殊和优越的条件,一定要好好珍惜和利用,这能使咱们越来越充实,能使咱们更好地为读者服务。

爸爸说的这些话,在我做科普编辑的那些年里,真是帮了我的大忙。那时候我和我的同事们,拜访和请教了当时北京许多最有名和最热心少儿科普的专家,像科普作家高士其,桥梁专家茅以升,鸟类专家郑作新,古生物学家刘后一,天文专家卞德培……这些平日里工作繁忙的科学家有一个共同的特点,就是对孩子的事情格外热心。他们也许会拒绝大报的采访,可是只要我们说自己是《中国少年报》的记者和编辑,他们总会抽时间和我们交谈,听听孩子的情况和要求。二十多年过去了,这些当年曾经接受过我们的采访,给我们做过指导写过稿件的,接受我们的邀请参加孩子科技活动的知名老前辈们,现在一个个相继离世,他们和蔼可亲的音容笑貌,成了我们美好的记忆。

除了这些知名科学家,我们还慢慢建立起了一支各个学科的作者队伍：生物方面的甄朔南，数学方面的李毓佩，地质方面的陶世龙，天文方面的卞毓麟、李元、朝延本，物理方面的郭治，气象方面的林之光，地理方面的郑平，航天航空方面的谢础……更有一些善于写少儿科普的作家郑延慧、余俊雄……这些作者大都是他们所在学科的专家，也是热心少儿科普工作的科普作家。有了这支作者队伍，我们碰到什么方面的问题都可以向他们请教，碰到什么突发事件都可以向他们约稿。

在做科普编辑的二十多年里，我们还在来稿中发现和培养了一批作者。早些年还没有电脑和网络，没有手机，长途电话也只有在急需的时候才会打，和作者的联系与交流就依靠来往的信件。为了了解和指导这些作者，我们定期召开作者会，把全国各地的作者请来，请专家给大家做报告，组织他们讨论，听取他们对报纸的意见和建议，同时把我们的发稿计划、稿件需求讲给他们听。会议空隙和他们谈天聊家常，和作者建立了非同一般的工作兼朋友关系。那个时候我的朋友大都是作者，我熟悉所有作者的笔迹，看到信封就知道是谁的来稿。如果好长时间看不到那个人的来信和来稿就会惦记，就会写信去询问。

爸爸告诉我：编辑要自己会写稿子

爸爸告诉我，建国前的各大书店招聘编辑，先要看你是否在报刊上发表过文章，文字水平好的，才会被聘请来做编辑，编辑应该比作者高明。又说，当编辑的自己不能写可不行，自己不能写怎么能向作者约稿子呢？怎么能帮助作者出些主意呢？怎么能审读作者的稿子呢？怎么能修改作者的稿子呢？所以不能写就得学，就得练。读书看报的时候看人家是怎么写的，审读稿件的时候仔细辨别人家的长处是什么。还有个好办法，就是看有经验的老编辑的修改稿，看看他删去的和添加上去的内容和文字，这是刚刚当编辑的同志千万不能错过的学习机会。

爸爸还对我说，编辑要在自己编的报刊上写文章，多写多练是为了做好自己的工作。报刊上开辟新栏目，编辑自己要先试一试。自己试过了，就大体知道这个想法能不能达到预期的效果，好处在哪里，难处在哪里，在约稿的时候就能向作者提出合乎实际的要求。编辑要有应对能力，尤其是报纸的编辑，有的时候突发事件来了，已经到了发稿时间，编辑就要能自己动手写一篇，赶在第一时间见报，之后再去做后续报道。编辑还要有写各种形式的稿件的能力，报上缺什么，编辑就补什么。尤其是给孩子编报纸，能掌握的形式越多越好。比如：科学小品、童话、对话、儿歌、连环画……你要介绍的知识，用哪种形式更易于让孩子接受，就用哪种形式。

我原本还喜欢写作，只是在到报社之前，从来没有写过科普稿子，也没有机会尝试着学习别的写作形式。做了科普编辑之后，在爸爸的鼓励下我大胆实践，在这二十多年里，根据报纸的需要，我写过很多篇知识版的头条，有不少是为了突发的新闻事件，赶着编写出来的。我还一直负责几个专栏的撰写工作，也学会了运用对话、童话、诗歌、儿歌等孩子们乐于接受的形式向他们介绍科普知识。

爸爸还告诉我……

除了以上几点，关于怎么做好一个编辑，爸爸还有很多经验之谈，下面我列举出他经常说到的一些：

给少年儿童写科普，要特别注意启发。要用自己的笔把小读者探讨问题的积极性调动起来，引导他们去观察，去实践，去发现，去思考……

要想跟孩子讲清楚的事情，先问问自己是不是弄清楚了；要让孩子感兴趣的事儿，先问问自己是否感兴趣……

编辑要有很强的记忆力，因为科普编辑要凭记忆来审读稿件，但是如果发现问题绝不能凭记忆修改稿件，记忆是靠不住的，必须找工具书来查对……

科普编辑身边常用的工具书必不可少，字典、辞典、地图、年表、各种手册，必要的时候还要跑资料室，碰到问题要知道在哪些书里可以查得到……

科普编辑不可粗心大意，粗心大意就非出错误不可。历史上的朝代年代、地理上的大洲国家、数理上的各种单位等等都要特别注意，一看到数字就要引起警觉……

写文章之前要把思路理清楚，写的时候要把事情说明白，文章念下去要没有疙瘩，咱们为的是普及科学知识，因此最好不要在文字方面给孩子造成不必要的障碍……

编辑要锻炼看稿的本领，既要迅速又要敏锐，不要漏掉好稿子，凡是看到一点儿苗头的就要把它抓住……

当编辑改文章要特别认真，为什么这里非改不可，为什么要这样改不那样改，都要说得出个道理来。即使改一个字，改一个标点，也要能说出道理来……

对于少年儿童来说,他们还处在学习语言的阶段,因此我们更要注意文字的纯洁,不要让他们沾染上一些不良的语言习惯……

我对编辑是"为人作嫁"这个说法,一向持否定态度,这无非是说,文章发表了,作者又出名又得利,编辑却一无所得。确实,编辑给作者提意见出主意、修改稿件、查对资料、设计版式、校对校样,做了许多工作,不过这些工作不是为作者做的,而是为广大读者做的,是在为他们服务,我们只是做了我们该做的……

我也不同意当编辑一无所得的说法,我的知识和技能绝大部分是在编辑工作中积攒起来的。因为工作经常逼迫我去思考许多原来没有想到的问题,去学习许多原来不知道的东西,不断地刺激我,使我永远不自满,另一方面又使我的创造欲不断地得到满足,这种乐趣我认为绝不在自己写东西之下……

上面的这些话,有的是在我碰到具体问题向爸爸请教时他对我说的,有的是爸爸在为科普编辑讲课的时候我听到的,还有的是在爸爸写的文章中看到的。让我知道了爸爸为什么会如此热爱编辑工作,也知道了做一个编辑的本分和责任。作为他的女儿,有一点我比谁都清楚:凡是爸爸说到的,都是他自己在身体力行的。

我做科普编辑三十年,爸爸的这些教导一直记在心里,这些没有什么深奥道理的话,句句都是可以去做、去实践的行动指南,帮助我解决了一个又一个难题,克服了一个又一个困难,使我成了一名科普编辑。爸爸教我的许多非常具体的做法,很多都已经成了我工作时的习惯,指导着我做编辑和写文章。爸爸对科普的热爱,一直影响着我,使我至今对科普情有独钟。喜欢看这方面的书、杂志、电视上的科技频道,喜欢了解丈夫和儿子他们正在做着的每一个科研项目,喜欢和他们一起讨论科技界的热门话题。我如今还在帮助一些年轻编辑审读稿件,还经常会把爸爸教给我的一些做编辑的方法告诉他们。我常常会想,我做的远比不上爸爸对我说的,可就这算不上优秀的一切,也都应该归功于爸爸。

二〇〇八年六月十六日　深圳

我们送走了爸爸

沈　培：

爸爸的遗体告别是十五日举行的,直到现在事情才慢慢平静下来,我的心反倒不平静了,爸爸平日里谈笑、看书、喝酒、写东西、高兴和发愁时的样子,时常会出现在我的眼前,仿佛他还在。尤其是一个人的时候,想到伤心处,禁不住泪眼朦胧。

爸爸的遗体告别仪式办得很好。是由统战部、民进中央、团中央共同来料理的,绝大多数的具体事务都是少儿社主持操办的。写讣告,写生平,发讣告,接来电,写花圈上的挽联,布置告别室,接待来吊唁的人……事情不可谓不多,他们都竭尽全力,安排得井井有条。使整个告别过程凝重有序,十分圆满。

告别仪式九点开始,社里的人,家里的人八点就到了。爸爸的遗容非常好,肤色如常,神态安详,像睡着了一样。我送过不少去了的人,光家里的就有太太、奶奶、爷爷、两个哥哥和一位表姐,他们过去的时候,有的渐渐地变得蜡黄,有的渐渐地变得灰白,只有爸爸还保持着生前的模样。他活着的时候,凡要出去见人,总喜欢装扮得精神一点,希望给人一个好印象,他走的时候像他活着的时候一样精神,像是要给来和他告别的人一点安慰。这不能不让我感动得落泪。

老夫老妻

大厅的灵前摆放着妈妈用红玫瑰扎的花圈,上面写着:大官,再会。姑姑和我们子女送的鲜花花篮分放两旁。各界人士和亲朋好友送的花圈有近百个,一直摆到了大厅的门外。作为团中央的老书记的胡锦涛,作为政协主席的贾庆林和从朋友那里得知消息的总理温家宝都送了花圈。他们这种出于非官方的亲民的举动,让我们感到亲切。政协副主席、统战部长刘延东,人大副委员长、民进主席许家璐等各方面的领导,和出版界、文艺界、科普界、各党派、出版社等方面的近八百人前来和爸爸告别。在这些人中间有的白发苍苍,有的涉事未深,有的生前见过,有的从未谋面,有的得到讣告,有的见到报纸,有的从外地特意赶来……姑姑由大嫂和女婿搀扶站在最前头,依次是我和周湧,小弟和燕燕,叶刚和金辉,叶扬,周淼,我们和前来吊唁的人一一握手,表达内心的感激之情。告别的队伍沉浸在爸爸喜欢的法国著名作曲家福瑞德的《安魂曲》中,四个人一排安静肃穆地走了五十分钟。我想,就连爸爸自己也想不到会有这么多人,不是出于附会,而是出于内心的尊敬和热爱来和他告别。下午我们取回骨灰,把他安放在爸爸还没来得及看上一眼的新家,那间专门为他布置的卧室间工作室的书桌上。晚上,中央电视台的《新闻联播》节目播放了爸爸去世的消息,屏幕上是他喜欢的那张头发银白,满脸堆着孩子般顽皮笑容的照片。

还要告诉你的是,你写的那段字,我们请人写成条幅,别在了花圈上。

在爸爸刚过世的时候,好心的朋友对我说,有什么困难可以向组织提出来。我和小弟想了想,由我起草写了两个文字式的东西。第一个是以全体儿女的名义,希望由统战部与民进出面和苏州方面联系,把爸爸的骨灰送回老家安放,在爷爷的墓旁找一个适当的位置,立上一小块山石,石上只刻爷爷为爸爸妈妈写的"善满居"三个篆字。一来爸爸陪伴爷爷一生,现在依然让他随爷爷去吧。二来是爷爷的书法,或许可以给陵园添一景。第二个是以我和小弟的名义写的,说明妈妈自从嫁到叶家,为保证爷爷和爸爸的工作、照顾全家,她为此奉献了自己的一生。爸爸在的时候,妈妈的生活全部由爸爸负担。爸爸过世了，希望组织上能按照有关的政策给予相应的补贴。还希望能为现在还没有工作的侄子叶刚安排一个工作，了却爸爸生前的一块心病。我不知道我们的这些愿望是否有些非分，只觉得这些事必须请组织帮忙才能得到解决。我还想，不知道爸爸如果在，会不会同意我们这样做，但是得不到答案。事情过去还不到一个月，叶刚已经被少儿社接纳，成为社里的一员，这真让我喜出过望，知道现在谋职不易，原本只想能有一份临时性的工作就不错了。而爸爸骨灰回老家的事，也在联系当中了。

爸爸过世，凡见到我的人都会问起妈妈。妈妈现在还好，爸爸过世的事我们没有对她说，怕她受不了这个打击。那几天，前来看望的人，前来送花篮的人来来往往的真不少，妈妈眼睛瞎了看不见，耳朵不好使听不清，竟然什么也没察觉。她还是常常会问我们，爸爸得的是什么病，怎么这么长时间还不好，什么时候能回家。吃到爸爸喜欢吃的东西的时候，她也忘不了要我们送到医院去给爸爸吃。碰到妈妈那些过于详细的询问，我们常常语塞，一时竟不知该说些什么。爸爸住院不久就割开喉管上了呼吸机，他原是不知道会有这样的结果，因而没向我们交代些什么，割开喉管后又因为不能说话而不能向我们交代些什么。我每每想到爸爸没有留下什么话就会伤心不已，但爸爸要嘱咐我们的事情里，有一件他不说我们也清楚，那就是他最最放心不下妈妈。我想，这件事他应该可以放心，我们会像他那样对妈妈，尽可能地让妈妈过得好一点儿，快乐一点儿。

爸爸的事到现在好像可以稍稍告一段落，其实要做的事还有很多。比如我至今也想不出用什么方式方法来感谢为爸爸的丧事做了很多工作的人,感谢为家里解决困难的人,感谢一切关心和热爱爸爸的人。还有好多来信要回,好多问候要答复,还应该把各个报刊上纪念爸爸的文章收集一下……一数下去我就想逃跑。可是我知道,从现在开始,有一些事我必须去做。

上个星期我就上班了,那个岗位上还需要我,我也需要工作,它能给我带来快乐。还有一年半我就要退休了,到那时候我一定要去深圳陪丈夫了。

拉拉杂杂写了这么多,我想这些都是你想知道的。我知道你想问题的方法异于常人,我在爸爸这件事上的有些做法你不一定赞同,但你是爸爸和我的好朋友,你时刻在关心我们这一家人的命运,我愿意把这一切告诉你。又因为要说的太多,在电脑上便于修改,所以这次是用电脑写的信,你该不介意吧。

小　沫
二〇〇六年四月一日

送爸爸回甪直

沈 培：

记得两年前的四月一日，我给你写过一封信，信中向你讲述了我爸爸过世后的一些事情。其中说到：我们以全体儿女的名义，给有关方面的领导写了一封信，希望能同意我们把爸爸的骨灰送回他的老家苏州甪直，在爷爷的墓旁找一个适当的位置，让他葬在那里。墓前立一小块碑石，上面只刻爷爷为爸爸妈妈写的"善满居"三个字。一来是爸爸陪伴爷爷一生，父子情深，现在依然让他去陪伴爷爷；二来使它看上去不像是墓碑，而是为园林添置了爷爷的一处书法景观。今年的四月一日，这个愿望得以实现，我们把爸爸送回了甪直。

三月二十九日晚上，我和爱人周涌坐飞机离开深圳，先到上海，三十一日下午到甪直。弟妹燕燕，侄女叶扬，侄子叶刚是三十日晚上从北京坐火车来这里的，三十一日一早就到甪直了。爸爸的骨灰落葬在叶圣陶墓旁这件事，一度因为爷爷的墓在国家一级文物保护单位保圣寺,一切建筑不得入内而耽搁下来。经过近两年的努力,现在得以办成,这除了要感谢江苏省委,苏州市委统战部,甪直镇的大力支持,还要感谢具体在操办这件事的两位热心朋友,甪直镇文化馆的馆长周民森和叶圣陶纪念馆的馆长翁培荣。他们两位在接到上面的正式通知后,不断和我们家里人联系,尽量按照我们的意思操办:从买石头,找石匠刻字,到做墓穴,事事安排得细致周到。在短短一个多月的时间里,办完了所有事宜,使我们能在清明前,能在爸爸过世两周年和诞辰九十周年之际,把爸爸送回老家,让他入土为安,从此一直陪伴在爷爷身边。我们谢绝了所有想和我们一起来为爸爸落葬的亲友,也没有惊动任何一级领导,凡是家里可以来的人全都来了。遗憾的是弟弟永要照顾多病的妈妈,实在走不开,没能看见爸爸落葬的整个过程。

落葬仪式非常简单。四月一日早上六点三十分,我、周涌、燕燕、叶刚和叶扬,捧着爸爸的骨灰,提着头一天买好的两个花篮走进保圣寺的花园。园里清净极了,除了我们几个家人,只有翁馆长和三个工人在等着我们。爸爸的墓修在从未厌亭到爷爷的墓间走道左侧的土地上,墓的两边是两棵长得很盛的广玉兰。墓碑是一块两米宽、一米八高的花岗岩,石头上刻着爷爷用篆字写的"善满居"三个字,字的右下角,刻着圣陶二字和爷爷的图章。墓的背后刻着一行小字:叶至善(一九一八、四、二十四—二〇〇六、三、四)。墓后不远就是墙,不留意的人是不会去背后看这行字的。整个墓碑正对着爷爷和爸爸在文章里常常提到的那棵一千七百多年的老银杏树,这个地方是一年多前我和永和来甪直时永和选中的。想来这里就是照片上爸爸一岁半时,奶奶抱着他参加甪直苏州第五高等小学恳亲会拍照的地方。时间飞逝,转眼间八十八年过去,在爸爸九十岁的时候,他又回到了这里。

大约六点五十分的样子,我们在工人的帮助下由叶刚和叶扬把骨灰放入做好的墓穴。墓穴用水泥砌成,里面安放着非常坚实的石头墓椁。骨灰放进去后盖上石椁盖,用水泥封死,上面加盖了一块水泥板。我们用锹铲土,把水泥板用土掩盖好,使它看上去和地面一样高。这一切完成之后,我们献上花篮,五个人站成一排,向爸爸的墓鞠躬默哀。又和翁馆长、后来赶来的周馆长、三位帮我们修墓的工人一起,在墓前合影留念。随后我们来到爷爷的墓前,向爷爷献上花篮,向他鞠躬默哀。站在爷爷的墓园上,望着不远处爸爸的墓,我在心里说:爸爸,你回家了,你回到爷爷身边了。爷爷,我们把爸爸给你送来了,有爸爸陪着你,从此你不再孤单、不再寂寞。

时间还早,保圣寺的园门还没有开,游客还没有来。园子里除了我们几个,就是满园子的树,满园子的花,满园子的鸟叫,此时的这里真是人间天堂。

还有一件事想跟你说说。在办爸爸落葬这件事的过程中,一些朋友和爸爸家乡的人都问过我们一个同样的问题:爸爸是不是在生前就说过,过世后要回甪直来陪爷爷?我们的回答是:爸爸一直以为就是自己的身体不好,也还可以再撑上几年。他没有想到,最后一次住进医院病情会发展得那么快，不久就用上了呼吸机，他因此没能给我们留下什么话，更不用说是看来与他无关的后事了。把爸爸送回甪直，让他去陪伴爷爷，只是我们这些做晚辈的意愿，觉得唯有这样做了我们才能安心。如果去问爸爸自己，依我看他是断然不会同意我们这样做的。一九八八年末，爸爸带着我们来到甪直为爷爷落葬，事后他写了《送父亲到甪直》一文。文中说："记得在追悼夏丏尊先生和朱自清先生的两次集会上，父亲都说过这样的意思：开会写文章悼念死者，是活着人的事，活着的人觉得这样做了才稍稍安心；死者是不会知道了，可以说跟死者毫不相干。既然现在和父亲不相干了，我们就怎么安心怎么办吧。"我们现在正是这样做的。

从园里出来，我们去参观了苏州叶圣陶实验小学，这所小学的前身，就是当年爷爷奶奶曾经在这里任教过的甪直苏州第五高等小学。前年我和小弟来甪直，曾到这里参观过，当时对学校的办学方针、办学方法、办学条件就赞叹不已，现在周涌、燕燕他们几个看了也有同感。像这样把叶圣陶的教育思想贯穿在教学的始终的学校，恐怕全国也只有这一所吧。我想，这才是对爷爷的教育思想最好的传承，也是真正地在做一件实实在在的事情，我佩服这里的校长和老师。

二日，我们一行去苏州滚绣坊青石弄，去看我们家的老屋。这老屋是抗战前爷爷出钱按他自己画的图纸建造的：一排白墙黑瓦的房子，房子前面一个花园。那个时候爸爸妈妈已经订婚了，其中有一间房子就是准备给他们做新房的。抗战一爆发,全家南迁四川,这才住了一年多的房子就这么留在这里了。爸爸说,全家离开的时候就没有打算过要回来。听他那口气,当时不仅是他,就连亲手打造这个老屋的爷爷,似乎都没有过一丝一毫的留恋。国破家亡,只要能抗战,自家的这点东西牺牲了算得什么。至此,我们家里的人就再也没有住进过老屋。可事实上,无论是爸爸还是爷爷,都没有办法忘掉那个曾经给全家人带来快乐和幸福的老屋,哪怕是那样的短暂,那样的遥远。"文革"后爷爷和爸爸商量,把老屋捐给了苏州文联。这事是拜托当时在苏州文化界的朋友陆文夫叔叔去办的。陆文夫叔叔把一切都办得非常妥贴:搬迁了当时还住在这里的几户人家,筹钱整修了老屋的房子和花园,又把当时由他分管的《苏州杂志》编辑部搬到了老屋来上班,这才使这个老屋至今保存了下来。老屋门口的横匾上刻着"叶圣陶故居"几个字。进得园子,房子老旧,依然冬暖夏凉适于居住,花园不大,依然花树青葱、四季飘香,让人觉得清净怡然,质朴舒适。建国后全家定居北京,家里人难得来苏州,只要来了苏州,就一定会回老屋来看看。尽管我们这一代人从来都没有在老屋里住过一天,但是我们都记得,这里曾经是我们的家,或者心中依然把它当成是我们的家。还是那么亲切,还是那么留恋,还是会像爷爷爸爸那样把它放在心头。

下午,我和周湧离开苏州。当晚燕燕、叶扬、叶刚乘晚上火车返回北京。

从去年年末到现在,经过全家人和朋友们的努力,出版《叶圣陶叶至善干校家书》和《叶至善纪念集》,把爸爸送回角直,这三件放在我们心里的事,一件接一件地完成了,这让我们全家和爸爸的生前好友都感到慰藉。我想,熟悉和关心着这一家人的你,心情一定和我们一样。

信就写到这里。

  祝

好

小 沫

二〇〇八年四月十日 深圳

爸爸的祈求

这几天太多的事要做,首师大出版社的编辑向我要爸爸序跋集的照片,二三十张,我还没有动手找。武汉海豚出版社的编辑发短信告诉我,姑姑翻译的书《学校》的文字已经录好,今明两天就快递过来,我答应姑姑帮她看一遍,她的眼睛看不见字了。童趣出版社的稿子来得不多了,可仔细改起来也要花去我不少时间。而我正在写的稿子越写越没边,越写越收不住,每天的进展也不快,我心里着急,想得晚上睡不好觉。我想到爸爸健在的时候,他常常会为了写稿子和编书心急如火。可是他那时的心境,我直到现在才有了一点儿体会,那滋味说不上是痛苦还是快乐,反正不好受。

早在一九八二年,爸爸就觉得自己要干的事情太多了,剩下的时间可不够用。那年,他在写科学家巴斯德的短篇小说《祈求》的结尾写道:"巴斯德转过头去,见身旁的玛丽闭上了眼睛,眼角上挂着泪珠。她又沉湎在她的信仰之中了。巴斯德在心里说,如果为我祈求的话,我所要的是时间,只是时间。再赐给我一点时间吧。一点儿?不,一点儿,我可不够用呐。时间对于我来说,当然是越多越好。"爸爸为这篇小说起的题目《祈求》,和他借巴斯德的口说出的这句话,也许没能引起读者的注意,道出的却是他自己的渴望,他自己的祈求。爸爸一生从来没有向别人祈求过什么,也根本不相信世间有上帝。这一回,他真的会去乞求上帝吗?

那时候妈妈见爸爸从早忙到晚,连夜里也常常会想到什么,翻身坐起来开灯就写,就常劝他不要着急,要爱惜身体。还说,事情是做不完的,没见哪个人是把事情做完了才走的。爸爸不听劝,依然故我。到了最后几年,爸爸觉得要干的事情还很多,自己越来越老,身体越来越糟,再不快一点儿,许多事情就真的干不完了。我常常听到他自己在念叨"来不及了,来不及了",又天天看着他在拼命地干着一件又一件他要做的事情。

在最后的那四年里,爸爸在修订准备再版的《叶圣陶集》二十五卷本,和写第二十六卷爷爷的传记的时候,他的身体已经累垮了,常常是写的时候全神贯注,浑身的疼痛都忘了,连呼吸都变得舒缓而平稳。可是一放下笔,他就累得连脱鞋的劲儿都没有了,一头倒在了床上,大口地喘着气。他把速效救心丸放进嘴里,还"哎呀,阿满哪,你也不来看看我啊!"地呼喊。可是他的老伴阿满,早在几年前就双目失明了,她坐在外屋的沙发上。别说她听不见爸爸的呼唤,就是听见了,她又能为爸爸做些什么呢?就连自己走到爸爸的身边,来陪爸爸坐一会儿都成了奢望。

那时候只有爸爸最清楚自己的身体状况,因此老是担心这本传记《父亲长长的一生》写了一半自己就倒下了。不仅如此,爸爸还担心和他合作的老搭档,这部书的责任编辑缪咏禾先生也会出什么意外。他不止一次地对我说,我们两个人中间,不管谁有了麻烦,这套书都出不成。尽管天天陪伴在爸爸身边,尽管他的苦和累我都看在眼里,尽管眼见着他一天比一天虚弱,心里也老是为他捏着一把汗,可是我总不相信爸爸会倒下,就像不相信一棵粗壮的大树会轰然倒下一样。我老是打趣地对他说:"别一天到晚死啊死地叫,让大伙儿看看,你哪里像一个要死的人。再说,你要是真的死了,这世上就又留下了一部《未完成》,不是也挺好吗。"爸爸也老是苦笑着对我说:"好、好、好,你以为我不会死,永远不会死。"

爸爸由一个心愿、一份责任、一种精神支撑着,到底是以每天一千多字的速度,写完了三十四万字的《父亲长长的一生》。这是他有生以来写的最长的一本书。这对一个已经八十七岁身体虚弱的老人来讲谈何容易,全家人都为之长长地舒了一口气。爸爸可没因此松劲,他顾不上喘口气,马

爸爸写的《父亲长长的一生》

上着手改他几年前写的《一个编辑读〈红楼梦〉》,还想把他已经想好的另外几篇写下来。他还和我说过他想写的好多文章,关于《牡丹亭》、关于鲁迅……写他只写了个开头的《我的母亲》、写和他相濡以沫生活了六十多年的妻子阿满,这是他一生最亲爱的两个女人,他觉得这是他欠她们的,是他必须要还的债。他虽然知道自己体力不济了,可是他不愿意相信自己写作的生命真的会就此结束。他老在想,应该还会有一些时间留给自己吧,至少还有个三年五年,让我写写那些我想写的东西吧。当了六十多年的编辑,爸爸一直抱定了"做编辑先读者作者后自己,做儿子先父亲后自己"的宗旨,不悔地津津有味地埋头干着他以为是值得和必须做的事,直到这会儿他才开始觉得,应该留下一点时间给自己了,可是这回真的就来不及了。让爸爸都没有料到的是,为写爷爷的传记他没日没夜地干,竟耗尽了所有的精力,这棵不愿意倒下的大树终于倒下了。

在爸爸住进医院的那一年多的日子里,病痛和治疗让他受尽了常人难以忍受的痛苦。但是他依然不想离开这个世界,即使是不能说话,也用各种方式表达着他想活下去的愿望。医生一次又一次地把他从死神那里抢救过来,可他终究免不了一死。那天一早,值夜班的医生还没有下班,他在看完各种对爸爸进行监测的仪器后对我说:"通知家里人吧,你爸爸坚持不了多久了。"我就好像一直在等着这一刻的到来似的,一点也不慌张地打电话给小弟,叫他和燕燕马上赶过来。然后我坐回爸爸的身边,摸着他的手。过了好一会儿,爸爸闭着的眼睛睁开了,那双眼睛大大的,从没有过的清澈明亮。他望着窗外,眼睛一眨也不眨,像是知道自己要走了,要好好看看和记住这个他曾经来过的世界。他的神情平静而安详,那是我在他的脸上从来都没有见过的平静和安详。小弟来了,燕燕陪着姑姑来了。我们谁也没有说话,彼此点头示意,然后分别坐在了父亲身边,静静地看着他。爸爸一直那样平静安详地望着窗外,好像根本没有看见我们,根本没有感觉到我们的存在。又过了一会儿,他确实累了,一下子闭上了眼睛……我们依然没有去呼唤他,静静地,他的身体渐渐凉了下来。因为我们一直记得笃信佛学的外公的话,人的思想会晚于身体一天才离开,我们不想打扰爸爸。爸爸终于走了,就此撂下那些没有来得及干的活不情愿地走了。

前些日子,我看到了一篇曾经濒临死亡的人的回忆,他是美国人,叫汤姆·索耶。他说,他蓦地感觉到一种从未有过的安宁和轻松……某种力量越来越强烈地推着他向前去,前方出现了一丝光,它先是犹如天际的一颗星星,瞬间又变成了一轮黎明的太阳,光芒四射的阳光并不使他感到眩目耀眼,相反,眼望着这轮红日,他感到无与伦比的快乐。……突然,他的眼前出现了他已经过世的父母亲,他们笑吟吟地朝他走来。转眼间他的脑海里出现了一幕幕重大的生活经历:生日庆典,订婚仪式,甜蜜的婚礼……最后,他同光线融合在一起,他感觉到了一种无法形容的心醉神迷。他似乎和宇宙合为一体,许多美景在他眼前闪过,飞逝的森林,高山,河流,天际,银河……宇宙的一切神秘全都展现在他的面前……汤姆的这一段话马上让我想起了临终前的爸爸,想起了他那张一扫平日里焦灼生病时痛苦,一下子变得平静安详的脸,和那双睁了近一个小时,一眨也不眨的清澈明亮的眼睛。我想,爸爸也一定看到了那让他感到美妙和幸福的一切。尤其是汤姆写到的在看见星星、太阳、天际、银河和宇宙时的那些感觉,更让我对此坚信不移。因为爸爸一生都对这些事物有着浓厚的兴趣,在这个时候,他一定也看到了这些久违了的老朋友。汤姆对自己经历的描写给了我不小的安慰,让我有了希望。希望爸爸在临终时真的摆脱了一切痛苦,真的感受到了从没感受过的幸福。为此我宁肯相信汤姆说的这一切都是真的,都是爸爸也可以享受到的。

记得爸爸对我说过,人死并不可怕,可怕的是把他脑袋里的东西都带走了。爸爸脑袋里的东西,多得用什么家什都盛不下,而且尽是宝贝。他走的时候真就把它们带走了,就是他想留给我们也留不下来。想想爸爸说的真对,这真是最可怕的,不仅可怕而且残酷。这些天在写和爸爸有关的文字时,回想起许多往事,爸爸的一举一动都让我留恋,都让我感到从别人那里得不到的亲切。我常常会责怪自己,人为什么就一定要落入"失去了才觉得宝贵"的圈套呢,爸爸在的时候我怎么就没有意识到,在我身边的人就是一个宝库,就有永远也挖不完的宝藏呢。其实在这个世上,爸爸的真正价值也许只有我们做儿女的才最清楚。我只是觉得,像爸爸这样活一辈子太累了,太苦了。我从小就下过决心,情愿尽儿女的孝心去服侍他们,也绝不再去干他的营生。我有我的生活,我要过得轻松一点儿,愉快一点儿。没想到身不由己,爸爸去世后,我好像被他的精神召唤着,感到有一种义不容辞的责任,要为他和爷爷做一些我必须做的事。甚至在不知不觉中,脑子里开出了一张要做的事情的清单,随着时间的推移,这张清单会列得越来越长。可笑的是,因为着急,今年才六十岁的我,有时候也会冒出来不及了,干不完了的念头。一到这时候我就免不了要用爸爸安慰自己的话来安慰自己:饭要一口一口地吃,这文章还得一篇一篇地往下写。我知道我的能力有限,我知道如果爷爷爸爸看了我做的这些事也许会摇头,但是我要尽力,我要争取做得好一点儿。

日子过得真快,如今离爸爸写《祈求》那篇小说的时候已经过去二十多年了,在这不算短的二十多年的时间里,爸爸有条不紊、快马加鞭地做了一件又一件事。我知道的几件比较大的就有:他用八年时间完成了《叶圣陶集》二十五卷本的编纂工作;又用他一生最后的四年,完成了对这套书的修订和补写第二十六卷爷爷的传记《父亲长长的一生》的工作;这期间他还应各出版社之邀,为爷爷编过好多本小说、散文、童话和教育方面的集子;整理出版了爷爷和俞平伯先生的通信集《暮年上娱》、爷爷和贾祖璋先生的通信集《涸辙旧简》;爸爸自己也相继出版了他的科普杂文集《竖鸡蛋和别的故事》《科普杂拌》,科学家小说集《梦魇》,散文集《舒适的旧梦》《我是编辑》《父亲的希望》;还有他自己很偏爱的一本古诗配名曲的集子《古诗词新唱》……光我随手列出来的这些事的工作量,就已经多得惊人了,更不用说这里还没有提到的那些由他参与编辑的杂志和书了,然而他还是觉得离他想要做成的事还差得远。别说是二十几年,就是再给他二十几年也不够用。用《祈求》那篇文章里的话:"时间对于我来说,当然是越多越好。"

这几天我在想起爸爸写的《祈求》这篇小说时,觉得文中他借巴斯德的口祈求的那个"上帝"就是他自己,是他对自己的"祈求"。他在用意志与毅力,和命运抗争,和时间搏斗,尽力去争取他所需要的时间。

再过些天是爸爸离开我们两周年的日子,我写这些文字也是为了纪念他。

二〇〇八年一月三十日

我编父亲的序跋集

父亲离开我们一年了。吴道弘叔叔和商金林同志在编辑一本纪念父亲的集子,我们在谈到父亲的编辑工作的时候,吴叔叔感慨地说:"至善先生的好多编辑思想、编辑经验没有留下来,真是可惜啊!"我说:"装在他脑子里的他带走了,可多少还是留下了一点,比如他写的那些序、跋、前言、后记里,就有不少好东西呢。"吴叔叔说:"咱们不妨把至善先生写的序跋编成一个集子,或许会对做编辑的同行们有点启发。"我听了觉得这是个好主意,就动手收集。我收集一篇看一篇,篇篇都曾看过,篇篇都如初见,亲切得好像又听到了父亲的声音。

这篇编后琐记可以作本书的序

一九八三年,父亲曾为他的父亲编过一本《叶圣陶序跋集》,在集子的最后他写了编后琐记。文章的第一段是这样写的:

> 收集整理父亲的散文,其中序、跋、前言、后记之类很不少,于是决定把这些文章汇集在一起,编成这本《序跋集》。我们知道有些读者特别爱读这样的书,因为由此可以增长许多有关书籍的见识。某书是怎么写成或编成的?怎么出版的?内容是什么?它有什么特点?应该怎样阅读它?作者或编者是怎样的人?诸如此类,从专收序跋的书中就可以得到解答。还有一种情形。有些书出版已久,流传不广,已经成为罕见的书了,从专收序跋的书中看到了那些书的序跋,感到了兴趣,引起了欲望,就竭力搜访,务必一读为快;这也是爱好读书的人惯常的事。此外,阅读某一作者撰写的所有序跋,可以了解他的见解、主张、兴趣、爱好以及交游;这是知人论人重要的凭借,所以有些读者爱读专收序跋的书。

我觉得,用父亲自己写的这段话来作为他的《序跋集》的序,真是再合适也没有了。虽然在编这本集子的时候,我也想到了其中的一些意思,可是要让我写,我是怎么也写不了这么好、这么全的。就用父亲的这段话来帮我解这个围吧,他在世的时候就常常帮我解围的。

我编父亲的序跋集分为三部分:一部分是他为自己的书写的;一部分是他为爷爷的书写的;一部分是他为别人的书写的。各部分都按写作年月的先后编排。父亲写东西,写一篇放一篇,从来不收集,序跋也是这样,尽管我努力搜寻,免不了还会有遗漏。前面有了父亲对写序跋和看序跋的题解,我好像用不着再说些什么了,可我还是忍不住,还想对每部分说点我知道的和我感受到的,但愿不是画蛇添足,让大家觉得太唠叨。

把自己交给读者

父亲常说,作为编辑,要先作者后自己,作为儿子,要先父亲后自己。他不是没有东西要写,也不是没有能力把自己要写的东西写出来,只是先别人先父亲,用去了他一辈子的时间,他没有时间给自己,出的书就只有那么可数的几本了。就是从这几本书里,也不难看出父亲兴趣的广泛,学识的渊博,思想的聪慧,语言的精美和文风的质朴。

父亲的书的序跋或是前言后记,从不请别人写,都是自己写。我想:他没有请他仰慕的前辈为他写,是不愿意为自己的事情去耗费他们的时间和心力。更重要的是,他自己有许多话要对读者说,他实在舍不得放弃这个与读者交流的好机会。

比如,他借着写《海外奇游记》的序言,向少年朋友说明了六件事:他不是这本书的作者,只是用现代口语把《镜花缘》里的故事重写了一遍;这个故事不是《镜花缘》的全部,只是其中的八到四十回。因为自己在少年时候越读越有兴趣,得到许多欢快,所以愿意重写一遍介绍给少年朋友;作者写的许多有趣的事,虽然出于想象,但都反映了那个时代的生活,都有他的目的;作者生活在一百五十年前的封建社会,他设想的美好社会是实现不了的;读这本书的方法是一边读一边想,自己思考自己分辨;最后,也就是第六件事,少年朋友看了这本书可能会不满足,会想把《镜花缘》找来读一读,在看原著的时候又会遇到一些什么样的问题⋯⋯为一本给少年朋友看的不厚的书写序言,父亲像和他们谈心似的写了三千字,别说是把自己写这本书的初衷、做法和体会全盘托出,就连自己的心也给了他们。我看的书不多,这样写序言的,没有见过第二位。

又比如,他借着写《梦魇》后记——多余的话,《竖鸡蛋和别的故事》后记——跟同道们谈心,把自己在写这些作品的时候是怎么想的,写的时候碰到过什么样的问题,自己是如何解决的,成功的地方在哪里,失败的教训是什么,都耐心细致、诚恳坦白地说给读者和同行们听,他认真地把自己完完全全地交给了读者和同行,就连自己的心也给了他们。我看的书不多,这样写后记的,也没有见过第二位。

其实不只是在序跋和前言后记里,父亲剖析自己作品的文章还有很多。比如:关于《失踪的哥哥》的自白,跟《小布头奇遇记》的奇遇……他好像每写完一篇东西或者一本书,都会回过头来审视自己,还想把自己的体会告诉给读者和同行。作为女儿,我心疼父亲,每每看到他的这些文章的时候就会想,我这个有点傻、用南方话说有点戆的爸爸,干吗要花这么多的时间、这么多的心力,来做这样的事情呢?又有多少人会在意你费心费力写下的这些文字呢?其实我很明白,父亲巴望着有人能看,哪怕只是很少的人;父亲希望有人能从中得到启发,跟他分享成功的快乐、失败的教训,哪怕只是很少的一点点。或者就是我这个做女儿的能从他的文章里看出个道道,能有所收获,他做的也值了。

为父亲奉献一生

"文化大革命"过后,出版社相继恢复了业务。有几家出版社要出版爷爷的书。那个时候爷爷已经八十多岁了，视力也越来越差。根据不同出版社的不同要求，选编爷爷集子的工作，就落到了父亲身上。我知道父亲编得最早的一本，是一九七九年由中国少年儿童出版社出版的《稻草人和其他的童话》，编者署名是爷爷自己。我还知道，还有好几本署名爷爷编的书，其实是爸爸代他编的，连里面的序跋或者前言后记，也是爸爸代他写的。当然，篇篇都要和爷爷商量，篇篇都要经过爷爷的审读。而这本书里收的第一篇，是一九八一年爸爸和叔叔合编的《叶圣陶散文甲集》的编后琐记。最后一篇，是二〇〇五年爸爸在住院前，为《老开明国文课本》写的序。

粗粗算来，在二十五年的时间里，父亲光编辑爷爷的各种图书，就有五十多本。每编一本书，他都要重新阅读和校订每一篇文章，都要根据读者对象，认认真真地写序跋或者是前言后记。比如：在《叶圣陶短篇小说集》的前言里，父亲对他选入书中的三十八篇小说，逐篇做了介绍。某一篇是在什么情况下写的，写的什么事、什么人，他在读这篇小说时引起的回忆和思考。这给读者阅读和理解爷爷的小说，提供了再好也没有的珍贵材料。又比如：在《叶圣陶童话故事集》的前言里，父亲说："集子是编成了，我心里总感到不大踏实。父亲的童话都是六十年前的旧作，……生长在新社会的孩子读这些写旧时代的童话，隔膜恐怕是难免的。我于是……在每一篇后边附上了几句话，有的谈我所知道的父亲写作当时的想法，有的谈我小时候的读后感……"父亲写的前言生动亲切，让人能深切地感受到他对孩子的热爱、认真和负责。

我编父亲的序跋集

一九八七年父亲开始编辑七百多万字的二十五卷本《叶圣陶集》,每年大致发排三本,到一九九四年书出齐,一共花去了他八年多的时间。《叶圣陶集》每一卷的后面,父亲都写了编后记,对这一卷的内容做了简洁和必要的介绍。他的编辑意图和编辑思想,也都显现在其中了。二〇〇二年江苏教育出版社决定重新出版《叶圣陶集》,父亲不光对每一集都进行了必要的修订,还对编后记做了修改和补充。他把第二十六卷,他写的爷爷的三十四万字的传记——《父亲长长的一生》交给编辑部之后,就倒在了病床上。这次再版,又花去了他四年多的时间。新版的书他是在医院的病床上看到的,此后不到半年,父亲就过世了。

在父亲过世后有关方面为他写的生平中有这样一段话:作为我国著名教育家、文学家、出版家叶圣陶的儿子,叶至善同志的一生几乎都在用笔墨,用语言,用实践在编写,在解读,在传承父亲叶圣陶的教育思想、编辑思想和文艺思想。他不仅花了十多年的时间编辑和修订了《叶圣陶集》,为后人研究叶圣陶留下了翔实可靠的资料,还编辑和撰写了大量有关叶圣陶先生的书籍和文章。我想:这一段话非常准确地写出了父亲为爷爷所做的一切,我已经没有什么可说的了。

这就是父亲

这本序跋集的最后一部分,是爸爸为别人的书写的序和后记。这里面大概有这么两种情形:

一些是为师友的重版书写的。比如为顾均正先生的《少年化学实验手册》,宋云彬先生的《玄武门之变》,我叔叔至诚的《没有完的赛跑》，开明书店编印的《十年》和林汉达先生的《中国历史故事集》。在这些文章里，他不仅介绍了这些书的作者，还介绍了这些书的历史背景，这些书的内容、特点和他读这些书的感想。

一些是为某些出版社编辑的书写的。比如《外国名城巡览》《父母受尊重的秘诀》《答学前儿童问》《英才荟萃》等等。我的印象里，每每有出版社来请父亲为一本书写序，他大多会推辞。他会对编辑说，写序不是什么不得了的大事，谁都可以写，尤其是责任编辑，在编这本书的时候总会有些想法，有些感受，总有些话想对读者说。认真清楚地写下来，就是最好的序。他的这些话是真心话，也是他的切身感受和经验。不知道有多少编辑听了他的话，真的去实践了。那些实在推脱不掉的，他也只有写了。但是有一点，凡是他答应下来的，他绝不敷衍，绝不无原则地夸赞，也绝不说些不疼不痒的空话。他一定会认认真真地看书稿，下笔写的时候，或者向读者介绍这部书的内容，或者和读者谈他看这本书的收获和感想，让读者能从他的文章里得到有关这本书的有用的信息。这就是父亲。

最后我想说，对于一本书为什么要有序跋，要有前言后记，在编完了这本书之后，我好像才明白了一点。而我对父亲编辑工作的真正认识，也许才刚刚开始。

二〇〇七年三月二十二日　北京

爸爸和他的《诗人的心》

在爸爸的作品集里,有两本薄薄的小集子,一本是《古诗词新唱》,一本就是《诗人的心》。别看这两本集子薄,可都是爸爸自己别出心裁的用心之作,就像园丁对待他花园里的花一样,虽然有些小花常常会被观花者忽视,但是园丁不会因为它们小而怠慢了它们,同样精心地侍弄,甚至会心生格外的怜爱。正所谓:天意怜幽草。

从爸爸写在《诗人的心》前面的"写者自白"里我知道,"诗人的心"原本是一九四五年,爷爷在和他一起筹办《开明少年》创刊时,给介绍诗的这个栏目起的栏题。在这本为青少年办的杂志中,爷俩设计了许多在那个时代看来非常先进和有趣的栏目。比如:讲国际时事的《望望世界》;讲科技常识的《任何人的科学》;讲人类在各方面取得成就的《时间前进吧》;讲有益于人体成长的《人怎样变成巨人》;介绍古今中外小说的《书的缩影》,还有就是介绍诗的《诗人的心》。爸爸说:"把介绍诗的这一栏叫作《诗人的心》,我们是有用意的。我们不相信光靠辞藻和技巧能写出什么好诗来。一首好诗,一定是诗人感情的真实的流露,他对生活的感受实在太深刻了,因而不得不用精粹的语言把他的感受表达出来。所以我们想,把好诗介绍给少年们,除了注释和讲解,还得引导他们,跟他们一同揣摩诗人的心。这样做才能使他们的鉴赏能力和精神境界都有所提高。"这短短的五句话,说明了爷俩当时要创办这样一个栏目的用意和宗旨。尤其是其中的"引导"二字,更是表明了爷俩在这个栏目中所要扮演的只不过是"引导员"的角色。其实这哪里是他们在这个栏目中独有的角色,根本就是他们俩在办这本杂志时所遵循的宗旨,实际上他们一生都在做着把青少年"引导"到路口,送他们上路的"引导员"。他们俩从不把个人的名利放在心上,单单把这个职业看得高于一切,为此做着他们所能够做的一切。我常常想,这就是人们在提到爷爷的时候,首先说到的是教育家,而后才是作家的原因;这也是人们在提到爸爸的时候,首先说到的是编辑,而后才是作家的原因。现在提起的《诗人的心》,仅仅是他们所做的"引导"工作中的一种吧。在《开明少年》出刊的七十多期里,他们给少年朋友介绍的诗和词大约有三十首。

不过爸爸在一九八四年出的这本《诗人的心》,并不是《开明少年》中讲的那三十首诗的集结本,而是他在三十多年后,重又捡起这个栏目,向少年们介绍起诗来,只是范围小了,只介绍我国的新诗。爸爸在"写者自白"里说:"我曾经向几种少年报刊的编辑同志建议过,请他们不要只顾介绍旧诗旧词,也要适当介绍'五四'以来的新诗,因为新诗反映了我国的新民主主义革命时代和社会主义建设时代,反映了在这一段伟大的历史时期中,我国人民的生活、斗争、思想、感情,这些都是现代的少年应该了解的。……编辑同志都说我的想法很好,一定照我说的去做。可是隔了半年一年,在他们编的报刊上还不见介绍新诗的文章出现。我等不及了,发了愿心自己来开个头。……我的本意是'抛砖引玉',希望有更多的同志来给少年们介绍新诗,并且希望各种少年报刊除了介绍旧诗旧词,也经常介绍新诗。"

看了爸爸的这段话,就知道他为什么又捡起了《诗人的心》,为什么只向少年朋友介绍起新诗来了。爸爸先后用了一年多的时间,给少年们介绍了三十多首新诗,接连寄给了《中学生》和《中学生阅读》,让他感到欣慰的是,这些文章都陆续发表了,介绍新诗总算在少年报刊上争得了一点儿阵地。据编辑们说,读者和老师都还欢迎,爸爸就从中选了三十篇,编成这本《诗人的心》。遗憾的是,爸爸提倡给少年们介绍新诗的号召,好像并没有得到什么人的响应;他自己的身体力行,最终也没能起到"抛砖引玉"的作用。想来这看着不过是给青年们介绍新诗的事,做起来并不比写一篇散文更容易,不是一件轻松愉快一蹴而就的事情,还容易吃力不讨好,或者吃力得不到什么好。所以直到现在,我好像没有看到过一篇这样的文章,没有看到过一本这样的书,这就叫我更加佩服爸爸的不屈不挠,格外眷顾这本小书了。

我算了算,在这本小书的三十篇文章里,有十三篇介绍的是建国前的诗,其中有:刘大白的《两个老鼠抬了一个梦》;俞平伯的《忆》;胡适的《人力车夫》;徐志摩的《先生!先生!》;刘半农的《面包与盐》;郑振铎的《我是少年》;闻一多的《一句话》;刘延陵的《水手》;臧克家的《老马》;何其芳的《我把我当作一个士兵》;何达的《我们开会》;苏金伞的《摘棉花》;李搏程的《纤夫》。除了前面选的是刘大白和俞平伯两位先生写的充满童趣的诗外,其余大多是反映旧社会劳苦大众的困苦生活,反映为了争取民主和解放,人们对黑暗旧社会发出的怒吼,和进行着的英勇不屈的斗争的诗。他们几乎都是当时非常有名的诗人,为大家所熟悉。爸爸在这本书的后记里深情地写道:遗憾的是作者之中大约有十位已经成为古人了。他们为新诗开拓局面,冲锋陷阵,我们可不要忘记了他们的功绩。当时爸爸提到的那些已经作古者的作品,应该都在这前十三篇文章中。

在十七篇介绍建国后的诗中有:适夷的《山中杂诗》;郭小川的《甘蔗林—青纱帐》;卉放的《我们是接班人》;李瑛的《雨中》;纪征民的《笑》;李武兵的《扛着枕木,我们走》;陈春琼的《我是支柱》;刘佑的《妈妈的心》;于沙的《假话》;刘征的《烤天鹅的故事》;陈文和的《小岛》;元辉的《伏击》;邓海南的《这是烈士鲜血浸透的土地》;刘倩倩的《你别问这是为了什么》;张丽萍的《老校长》;崔迪扬的《大象从异邦归来》;赵恺的《划哟……》。这其中牵扯的方面很广,大都是反映建国后人们的壮志豪情和美好生活给人们带来的喜悦。与建国前的十三篇不同,除了很少几位大家熟悉的诗人,很多作者都不大为人所知。而其中《你别问这是为了什么》这首诗的作者刘倩倩,竟是一位小学生,她的这首诗是在参加《中国少年报》的一次征文比赛时的获奖作品。诗中一个看过安徒生童话的孩子,一直惦记着那个卖火柴的小女孩,要把自己得到的蛋糕、棉衣送给她,要和她一起唱世间最好听的歌。爸爸说,他在选诗的时候,不管什么流派,也不管作者是否有名,只要是少年们容易理解的,感到兴趣的,读了能得到点儿好处的他就选,还有一条就是涉及生活的方面要尽可能广一点。

爸爸很想教会少年朋友怎样去读,去欣赏一首诗。在这些文章中他写了他知道的时间背景;他站在作者角度体会作者当时的心情;他自己对这首诗的理解;还有诗的句式和韵脚。凡是可以想到的和应该提到的,他都写进去了,语气是那样亲切,态度是那样真诚,真算得上是苦口婆心了。如果不是因为每一篇的文字都不太短,我真想选其中的一首录在这里,让大家看看。爸爸在"写者自白"中强调说:他的介绍是把他揣摩到的诗人的思想感情告诉给少年们,自己只是做个样子,真正要有所收获,还要少年朋友自己去揣摩。我想:这是他写这本书的真正目的。

去年,我和爱人一起到首都图书馆,找到了老的《开明少年》的影印本,把爸爸在《诗人的心》中提到的二十几篇文章都复印了下来,很想整理之后,和一九八四年出版的这本合在一起,出一个《诗人的心》的完全本。在我看来像这样一本讲怎样欣赏新诗的书,对于少年朋友来说还是很有益处的,只是不知道在如今的市场上,还有没有它的立锥之地,还会不会受到少年朋友的喜爱。但愿我的这个美好的愿望,不只是出于对爸爸的敬爱,更是希望它能为少年朋友所接受。

二〇〇八年八月二十六日　深圳

爸爸:让我们分享你的骄傲和喜悦

十七日一早我收到朋友从北京发来的一条短信:今晨从广播中获悉,你父叶老获中国"十位传播科技的优秀人物"称号。分享你的骄傲和喜悦,可以吗?

这条喜讯真让我感到意外。这是一个什么样的活动?这个活动是由谁组织的?这个称号是由谁授予的?既然是"十位优秀人物",另外九位又是谁呢?我迫不及待地接通朋友的电话问个究竟,她告诉我消息来源于中国科协。于是我打开了电脑,从网上查询得到的信息是:为了纪念中国科协成立五十周年,中国科协在今年年初首次面向社会组织开展"五个十"评选活动,在全国评选"十位传播科技的优秀人物""十个影响中国的科技事件""十个公众关注的科技问题""十项引领未来的科学技术""十部公众喜爱的科普作品"。半年多的时间过去了,几百万热心群众参加了这次评选活动。十一月中旬,中国科协召开新闻发布会,向各大媒体公布了评选结果。

从网上我还得知,"十位传播科技的优秀人物"共有三十位候选人,其中还有我十分敬佩而没能入选的科学家高士其、吴文俊等。评上的十位人物名单按照选票的多少来公布,他们分别是:袁隆平、钱学森、华罗庚、茅以升、叶至善、邓稼先、钱三强、竺可桢、李四光、王选。群众的眼光真是厉害,这十位人物论学问、论贡献、论人品,个个都是我敬佩的大家,更重要的是,他们不只是各自领域里的杰出的工作者,还都是向大众介绍他们所在领域科学的传播者。让科学变得能为大众接受和应用,这样的科学普及工作,对于提高全民族的科技文化水平真是功不可没,他们的确无愧于"传播科技的优秀人物"这个光荣的称号。我还注意到,在这十位人物中,我的爸爸叶至善与其他九位不同。其他九位都是卓有功绩的科学家,有几位还是兼职的科普作家,而我的爸爸只是一位少儿科普编辑和少儿科普作家。一个为少年儿童普及科学知识的工作者,怎么会受到大家如此的信任和爱戴,这让我不能不回过头去再来看看我的爸爸。

爸爸二十二岁开始跟爷爷学做编辑,一九四五年成了开明书店的员工,和爷爷一起编辑《开明少年》杂志。《开明少年》中向青少年介绍科学知识的栏目大都由爸爸组稿和撰稿,他也从此走上了普及科学这条路。那时候抗战还没有胜利,在民不聊生的艰苦岁月,《开明少年》像朋友一样和孩子们谈民主谈科学,爸爸根据孩子的需要、时政的变化、世间的新闻,用各种形式向孩子介绍科学知识:天、地、生、数、理、化无所不包,《望望世界》《任何人的科学》《时间前进吧》《人怎样变成巨人》……这些栏目在当时一定是先进的,足以吸引青少年对于科学的向往和爱好。

我和爸爸

建国后,爸爸一直编辑《中学生》杂志,上世纪五十年代,受到向"科学进军"口号的鼓舞,爸爸想方设法使刊物能激发起青少年学习科学的热情,因此谈科学知识的文章在杂志中占的篇幅最多。一九五六年爸爸担任中国少年儿童出版社的社长兼总编辑,向孩子们普及科学知识,依然被他看成是出版社非常重要和义不容辞的责任。社里热心少儿科普读物的出版,还非常注重运用孩子们喜欢的文学形式。科学童话、科学幻想、科学探险、科学家传记、科学小说、科学诗,甚至儿歌、快板、相声、魔术这些形式爸爸都亲自尝试过,都被他动员起来为宣传科普服务,出版了一大批优秀的少儿科普读物。"文革"期间一切出版事业都停止了,"十年动乱"之后终于迎来了"科学的春天"。爸爸和同事们热情高涨,一起为孩子们编写了中国第一套《少年百科丛书》,创办了中国第一本少儿科普读物《我们爱科学》杂志。

爸爸一生做编辑,科普编辑只是他编辑工作的一部分,或者说是重要的一部分。在他做编辑的这六十多年里,审阅了多少稿件,编发了多少作品,数也数不清。许多几乎不成样子但还有些想法的稿子经他修改被挽救。不少差点被枪毙、很有特点的文艺形式被他肯定获得新生。他和许多科学家交朋友,跟他们聊天,请他们为孩子们写科普。他真诚对待每个迈入这个门槛的初学者,热情地鼓励他们,帮他们改稿,教他们入门。他不善于演讲,却从不推辞在为科普编辑举办的讲座上讲课,认真地准备每一次讲稿。他还多次写文章和同道们谈心,坦诚地讲述自己在科普创作上的经验教训和成败得失,希望大家能从他的经历中有所借鉴和帮助……所有这一切大都不会被广大的读者所知,他从不以为然,觉得这是本分,这是责任,这是他应该和必须做的。不仅如此,他以为自己从中得到了数不清的乐趣和益处,做得津津有味乐此不疲。他说过:为了孩子们的成长,各种工作都需要做,都值得花力气去做。爸爸的真诚和热心,好像真的感动了很多人,影响过很多人,在科普界受到大家的尊重和爱戴。

被业内同道尊称为著名科普作家的爸爸,真正的科普作品并不是很多,远远比不上他的许多同行和他的一些作者。为了向孩子们介绍科学知识,爸爸写过几本小册子,我知道的有《太阳—月亮—星》等。为了编杂志,爸爸又编又写,写过的科普小品不下千余篇,在他的自选集《竖鸡蛋和别的故事》里,他挑挑拣拣地只选了四十几篇。为了提倡科幻,爸爸写过几个科幻短篇和中篇,其中被大家提到最多的是《失踪的哥哥》。爸爸曾经计划要用短篇小说的形式介绍科学家,至少写个四五十位,可是又因为"时间实在太紧张,心思又不能专一",只写了五篇就罢手了。这本抓住科学家的一个特定时间,来表现他们的思想感情的短篇小说集起名《梦魇》,出版后颇受好评,还得到了几个奖项。不仅如此,在一九八七年三月六日出版的《青年参考》报上有消息说:"据悉,中国青年出版社出版的我国短篇小说集《梦魇》已由联合国教科文组织审定为具有国际意义的好书。小说在联合国获此荣誉,在我国还是第一次。"对于这条消息,无论是出版界还是爸爸自己,似乎都并不在意。凭我的记忆,爸爸的科普作品大概就是这些了。但是为了能让孩子爱看、看得明白,爸爸在每篇作品上面下的功夫可不小,因此他写的东西读起来就是有趣,就是易懂,就是顺畅,就是亲切,像是在和孩子们说话、讲故事,我想孩子们会喜欢。

看爸爸走过的路、做过的事,好像真的没有哪些可以令人震撼,可以令人瞠目,他的功绩似乎也没有办法和另外九位科学家相提并论,但是他的一生确确实实是在为"传播科技"默默地工作着。他的努力究竟对传播科技起到了怎样的作用,产生了怎样大的影响,实在没有办法得到答案,如今群众的这几百万张选票却好像给出了最好的评价。爸爸生前也曾获得过一些奖项,如:宋庆龄基金会的"樟树奖"、新闻出版界的最高奖"韬奋终身荣誉奖"等等,但是唯有这个由群众投票选出来的"传播科技的优秀人物"称号让我为他激动不已,我的心久久不能平静。我一直以为爸爸一生默默无闻不为人知,媒体也没有像宣传科学家那样宣传过他,怎么会有这么多人记得他怀念他呢?他们是通过什么渠道知道和了解他的呢?我百思不得其解。可事实告诉我的是,在这次评选活动中,很多人表达出了他们对爸爸的信任和热爱,为他投出了这郑重的一票。我又想,其实这不止是投给爸爸的,也是投给所有像爸爸一样平凡,在勤恳踏实地为孩子们做着科普工作的人的一票,是对他们这一群人的肯定和认同,爸爸只不过是他们其中的一个代表。想到这一层,我禁不住要对所有的投票人深深地鞠上一躬,发自内心地说一声:谢谢你们!

爸爸在两年多前就去世了,和其他已经作古的七位科学家一样,他无法知道这迟到的喜讯。我想:如果今天爸爸还在,如果他听到了这个消息,一定也会为自己的名字能和那些他尊敬的科学家写在一起感到意外,他或许会说:"这是真的吗?这么说我要更加努力才行啊!"脸上露出的是我熟悉的孩子般顽皮的笑。

爸爸,你不在了,就让我们来分享你的骄傲和喜悦。

二〇〇八年十一月二十八日　深圳

《开卷》·爸爸·我

二月初接到宁文同志寄来的两期《开卷》,依然是他亲笔写的信封,亲手贴的邮票,里面还附了一封约稿信。看了以后我才知道,《开卷》就要出满一百期,迎来它的八岁生日了。这的确是一件值得纪念的事情,也真的就引起了我的一些回忆。

我的记性不太好,已经说不清是哪一年的事了。一次我帮爸爸整理他那乱糟糟的书桌,把过期的报纸捡了出去,看到几本薄薄的没有正式封面的小册子,不在意地放在一摞报纸上一起抱出屋,放在了走廊的书架上。没想过了两天爸爸问我:"小妹,我桌上的《开卷》呢?""什么《开卷》? 就是那几本铅印封面的小册子吗?"我诧异地问。"就是那几本小册子。你是不是当没有用的东西给收走了,那是朋友送给我的书,怎么可以随意丢掉。去,去把它找回来。"幸好爸爸发现得早,幸好这一摞报纸还没有被当作废品处理掉。我很快就在报纸堆里找回了那几册本放在一起的《开卷》,

不禁松了口气。爸爸放在手边的东西是碰不得的,这一点全家人都知道。

我看爸爸改稿子

从此以后,我再不敢小看这本薄薄的小册子了。每次邮件来了我都会留心,只要看到是《开卷》,总会在第一时间送到爸爸手里,爸爸也会在当天的写作间隙,躺在床上翻看这本又轻又薄,拿在手上很舒服的小书。我有点好奇地翻开《开卷》,想知道这到底是一本什么样的刊物,能让爸爸如此偏爱。看了几本我才知道,这是一本民办的读书小刊。薄的时候每期只有二十几页,厚的时候也不过四五十页。别看它小,读它和为它写文章的,大都是全国各地依然健在的一些知名老文人。册子中的每篇文章都不长,写什么的都有,可篇篇言之有物,轻松愉悦,真是有些与众不同独树一帜的味道。

不仅如此,这本读书小刊使许多像爸爸这样的,已经没有时间和精力出门的老人，能够以文会友，从书中得到那些久违了的老朋友的消息。要是看到了哪位久无音信的朋友的文章，爸爸就会格外高兴，就会对我说："瞧，他还活着，他还在写。"我想，有这种感受的绝不是爸爸一个人，而是他们这一群人。他们虽然不能见面，甚至没有时间写信互致问候，但是通过这本小册子，他们在传递互相间的消息，互相间的关心，互相间的问候和互相间的鼓励。这本小册子给这些暮年老人带来的慰藉，恐怕是办这本读书小刊的同志们自己都不曾想到的。同样也是做编辑的我又想，真不知道编这本小刊物的编辑们，是靠什么力量把这样一些文人团结在自己周围的，又是凭借着什么样的精神来取得他们的信任的。这些老人珍视这本小刊的成长，认真地读里面的文章，真心地为它提供稿件。在当今这样一个报刊满天飞，封面装帧尽显奢华，内容文字浮躁、晦涩的时代，这本朴实无华品味很高的民营读书小刊得以生存下来，不能不算是一个奇迹了。

我不太清楚爸爸是什么时候成为《开卷》的读者的，但是我知道爸爸总是能按期收到这本刊物。时间长了，他开始感到不安，觉得应该为这本小刊做点什么。可是爸爸生命的最后几年，正是他最忙的几年，他抽不出时间来为《开卷》写文章。五年前姑姑过八十，爸爸觉得为妹妹祝寿，没有比帮助她发表一篇她的文章更好的了。于是爸爸做主，选定了姑姑写的一篇散文《骑车》。他为这篇散文写了评价，又亲自把改好的文章工工整整地重抄了一遍，寄给了执行主编宁文同志，借《开卷》的一角为姑姑做寿。他对姑姑说："文章寄出去了，希望能发表。不过这是一本民办刊物，不会有稿费,我也是想借此对他们的工作表示支持。"没过多久,文章真的发表了。姑姑以前和爸爸叔叔一起写过不少散文,建国后到国际电台做翻译,工作非常忙,就放弃了写作。后来她又写过一些散文,发表的不是太多。这次文章能在爸爸看重的《开卷》上刊登,当然让她高兴,可欣喜之余又有些感到不安。她对我说:"小妹,我的文章没那么好吧,人家会不会觉得是你爸爸推荐的不好拒绝呢?"我说:"这点你大可放心,就算是看在爸爸的面子上发的,也没有什么不好。爸爸你还信不过吗,他看得上的文章,一定是值得推荐给人家看的文章。"姑姑不再说什么。让爸爸没有想到的是,没过多久他和姑姑就收到了编辑部寄来的稿费,虽不是太高,可也绝不算低。这不免让爸爸觉得有些过意不去,原想尽点微薄之力,竟得到了回报。他弄不清楚这本小小的民营刊物是怎么维持生计的。

二○○四年四月的一天,《开卷》的蔡玉洗和董宁文两位同志来家里看望爸爸,说《开卷》出版了它的第一辑文丛十本,希望爸爸能有一本十几万字的文选,参加到第二辑的十卷中来。爸爸很乐意,说如果能把他写爷爷的散文汇集成一本集子,倒是一件有意义的事。只是当时他正在加紧赶写爷爷的传记《父亲长长的一生》,腾不出手来。我看他实在忙,就找出他的散文集,把有关的文章选了出来。爸爸抽空看了看说,有些文章史料性太强,不宜放在这套文丛里,于是这事就放下了。爸爸放下了,宁文同志他们可还惦记着呢。二○○五年的二月二十三日,他们又来信向爸爸约稿。他们没有想到,这时候爸爸已经因为写爷爷的传记累倒住院了,病情严重得我们没有办法把这件事告诉他。

我想,我该来完成这件爸爸想做还没来得及做的事,就把他近两年写了还没收进集子里的几篇散文选了出来,加在一起十几万字,用书中的一篇《为了纪念》的文章做书名,寄给了宁文同志,可是已经赶不上加入《开卷文丛》的第二辑了。

二〇〇七年四月,作为《开卷文丛》第三辑中的一本,精美庄重的《为了纪念》终于出版了,书中还配了不少珍贵的照片,使读者看起来更增添了几分亲切和真实。可这些照片不是我提供的,是宁文同志他们从一本一本的书中搜集来的。这是爸爸那会儿和我现在写稿编书时,几乎都没有遇见过的事。因为没有哪个编辑是不要求作者提供照片的,这常常弄得爸爸头疼得很,因为有的照片很珍贵,手里只有一张,寄出去又往往收不回来,让他十分恼火。像宁文他们这样为作者着想的编辑,怎么能不让人感动呢?遗憾的是爸爸看不见这本书了,他在书出来的前一年就去世了,这本《为了纪念》竟成了他过世一周年的纪念。而我也通过编辑这本书知道了,宁文同志他们不仅在编辑《开卷》,还在为这些老文人做着另一件更有意义的事,不惜亏本地帮他们把他们的短文集结出书。更让人感动的是,其中像爸爸这样还没看到书就离开了的老人,绝不是一位两位,这或许就是他们一生中留下的最后一本著作了。

爸爸走了,《开卷》却依然如期地寄到了北京东四八条71号,依然是宁文同志亲手写的地址,亲手贴的邮票,只是爸爸的名字换成了我的名字,我荣幸地成了《开卷》那些老读者中的一员。这倒真的让我感到不安了,在他们中间我是无名小辈,怎能受得起如此优厚的礼遇呢?每次收到刊物我都会对自己说,让我也来为它出一点力吧,让我也来为它做一点什么吧。

这回看到宁文同志的约稿信,我觉得我想写点东西,我必须写点东西,替爸爸也为我,向《开卷》的玉洗、宁文和其他为之工作的同志们表示感谢和敬意:你们不仅是《开卷》的编辑,更是读者的朋友。是你们的真诚换来了大家的真心,是你们的执着换来了大家的尊重,是你们的服务换来了大家的信任。你们在为中国的文化事业做着值得和应该做的事,默默地不求回报地坚持着,这种精神足以使《开卷》像你们期望的那样,走向更远的前方。

二〇〇八年二月十九日

《为了纪念》序

去年四月,《开卷》的蔡玉洗和董宁文两位同志来我家看望爸爸,说《开卷文丛》已经出了第一辑十本,希望爸爸能有一本十万字左右的文选,参加到第二辑的十本中来。当时爸爸正在加紧赶写爷爷的传记《父亲长长的一生》。他说,如果有可能,把他写的有关爷爷的文字集成一本集子,倒是一件很有意义的事,可他腾不出手来。听了爸爸的话,我找出他的几本散文集,把文章选了出来,他抽空看了看说,有些篇史料性强了一些,不宜放在文丛里。按爸爸的意思一筛选,要凑十万字就不够了,于是我们把这件事放下了。

去年八月,爸爸写了近两年的三十四万字的《父亲长长的一生》终于脱稿了,可他没有因此松下来。他看校样、设计封面……等一切都弄停当了,已经是十一月中旬了。爸爸累坏了,躺在床上起不来。今年一月三十一日,八十七岁的爸爸终于因劳累过度住进了医院。后来病情不断恶化,三月四日，医生给他用上了呼吸机。直到近一个星期，病情才稍稍稳定。可他呼吸依然要靠机器，吃饭依然要靠鼻饲，不能说话，不能活动，短期内就是想做点什么也不大可能了。这些天来，我和家里的人只是巴望着医生回天有术，能使爸爸的病情渐渐好转，还他该有的自由。更希望有一天，

爸爸在思考着什么

爸爸又能拿起笔，写那些他一直想写的好文章。

爸爸在病中，董宁文同志当然不会知道，二月二十三日又来信向爸爸约稿。我想，我该来完成爸爸想做还没来得及做的事情。于是我把他近两年写的两篇：《叶圣陶集》两个版本的说明、《涸辙旧简》前言，以及他自己从《父亲长长的一生》中摘选出来的片段收进来，加在一起有九万字了。而且这些事情和文字，一定是读者想知道的和喜欢看的。我又想，如果爸爸现在还能过问这本书的选编，他也会同意我这样做吧。

这本集子中的三十三篇文章，我把它们大致分成三类。一类二十二篇，是回忆；一类七篇，是为爷爷编书写的序、前言和说明；还有一类是有关爷爷的童话的文章，一共四篇，这大概是到目前为止，爸爸写的有关爷爷的童话的全部文字了，所以我想把它们收在这本集子里。

爸爸在《父亲的希望》这本散文集的自序中写道："直到父亲过世，我才突然感觉到失去了依傍——七十年来受到的关心和教育，从此中断了。父亲的关心和教育似乎是无形的，像空气一样；我无时无刻不在呼吸，可是从没想到，自己生活在空气的海洋里。"今年大年三十，爸爸在医院里拿到了刚刚出版的《父亲长长的一生》，就把书送给曾为爷爷和他自己开过刀的北京医院的老院长吴蔚然。他对吴院长说："我父亲对我的关心和教育使我受益终生，我应该写一本书来纪念他。"现在想起来，爸爸的后半生为爷爷编集子写文章，都是为了纪念自己的父亲吧。在这本集子里，有一篇短文的题目是：为了纪念。于是就用它做书名。

二〇〇五年四月二日

《叶至善集》序

父亲叶至善在他写的《编辑工作的回忆》一文中说:"我生长在一个编辑的家庭里。我的父亲叶圣陶,大家都说他是文学家,是教育家,是语文学家,其实他当编辑的时间比干什么都长,花在编辑工作上的心力比干什么都多,就是没有人说他是编辑家。如果从一九一一年编油印刊物算起,他连头带尾,一共做了七十三年的编辑工作。"父亲又说:"我的母亲胡墨林也是当编辑的,虽然过世得早,算起来也做了二十八年编辑。"接下来他说:"抗日战争后期,开明书店在内地成立了编辑部……父亲的几位朋友看他们俩(圣陶先生和夫人)实在忙不过来,知道我文字还清通,懂的东西比较杂,撺掇我辞掉了教员,帮我父亲编辑新创办的《开明少年》月刊。那是一九四五年八月,我二十七岁。……从一九四五年八月到现在,足足四十一个年头了,我还没有放下编编写写的工作。"父亲的这篇文字是一九八六年写的,二十年后父亲过世,算起来他也做了六十一年的编辑。像爷爷一样,父亲花在编辑工作上的心力比干什么都多。他热爱编辑工作,说自己有编辑瘾,老也干不够。

父亲当编辑,新中国成立前在开明书店,新中国成立后在中国少年儿童出版社。这两家出版社面对的读者都是青少年,父亲编辑了许多优秀的青少年期刊和图书,那时候他把所有的精力都放在这些事情上了。"文化大革命"以后,收集和编辑爷爷的著作成了父亲义不容辞的责任,几乎占去了他所有的时间。就这样,为了青少年读者,为了爷爷,父亲放弃了许多自己想写的文章,想写的书。而今留下来的一些文字,是在做这些工作的空隙写的,真的是少之又少,但是父亲从来没有后悔过。有人说编辑工作是"为人作嫁",对此父亲一直耿耿于怀。一九七七年他写了一首《望六书怀》,其中有这样一句话:"且不悔为人作嫁",还特意解释说:"在北京的方言中,把'且'字用在一句否定的话的头里,语气比'终'字更加斩钉截铁:不但过去没悔过,现在仍然不悔,将来也绝不会悔……"

一九八七年的四月二十四日,是父亲的七十岁生日。晚上,全家人围坐在摆满酒菜的圆桌前,准备举杯祝寿,这时候爷爷站了起来。他说:"今天是至善的七十岁生日,我要说几句话。"爷爷的举动让我们感到有些意外,热闹的席间顿时鸦雀无声。爷爷善于演讲,这是大家都知道的,无论大会小会,他都可以站起来就讲,不用讲稿,说得清清楚楚。但是在家里,爷爷从来没有这样郑重其事地讲过话,在我们的记忆中,这还是第一次,而且看得出来,这些话在他已经想了有些天了。那年爷爷九十三了,说话的声音依然洪亮,条理依然清楚。可惜的是,当时谁也没有想到爷爷要讲话,没有把他的话记下来。时隔多年,他当时说了些什么,我们已经记不清了,大概的意思却没有忘。爷爷夸奖父亲,说父亲做编辑做得很努力、很认真、很有创意,在许多方面做得比他好,还举了一些例子。最后他说:"对于这个儿子,我感到很满意,我说这些话,也有要大家向他学习的意思。"爷爷的讲话,让这次家庭寿宴显得有些庄重。大家鼓掌举杯,向两位老人表示敬意。父亲的脸上是得意时才会有的充满童真的顽皮的笑。七十岁的儿子得到九十三岁的父亲的肯定和夸赞,还有比这更幸福的事儿吗?上个世纪三十年代,爷爷写过一篇《做了父亲》,在那篇文章的最后一节他说:"对于儿女也有我的希望。""一句话而已,希望他们胜似我。"那一刻,爷爷有没有想起五十多年前自己写下的心愿?

十个月后,爷爷过世了。

父亲八十岁那年,中国少年儿童出版社要为他们这位老社长祝寿,并建议他编一本集子,交给出版社出版。父亲说:"祝寿不敢当,出本集子,我很愿意。"还给集子起名《我是编辑》。回想那些日子,父亲显得有点儿兴奋。替他想一想,都八十岁了,才张罗编一本自己的散文集,心绪自然难以平静。多年来,父亲一直忙着编辑爷爷的文集,自己写的一些文章散落在各种报刊上,大多没有收集,寻找和收集颇费了一些工夫。记得父亲很有些无奈地对我们说:"我在整理爷爷的东西,我的东西却没有人帮我整理。"我们听着,尴尬地站在那里无言以对,心里是针扎一样的痛。

四年前,我们开始编辑父亲的《叶至善集》,经过努力终于成书。全书分为:编辑、科普、传记、散文、创作和书信六卷。这不是全集,其中科普卷和书信卷,由于各种缘由,缺失的文字尤其多。尽管只有六卷,也足以反映父亲对于编辑和写作的熟谙,涉猎方面的丰富,兴趣爱好的广泛。父亲爱动别人没有动过的心思,爱尝试别人没有做过的事情,他总是不断地求新求好,写出来的东西读着就特别有味道。读者在认真看过之后,会觉得这是一个很有智慧,很有兴味的人。

我们学父亲编《叶圣陶集》的样,在《叶至善集》的每一卷的后面写了编后记,就这一卷的内容加以说明,以便于读者阅读。虽然我们和父亲一样,生长在一个编辑的家庭里,却没有父亲那样勤奋和努力,因此没有父亲做得好。尽我们的力量所编辑的《叶至善集》,一定存在着许多问题和不足,希望读者看到了给我们指出来,在以后编辑父亲的书的时候,我们会加以改进。向爷爷和爸爸学习是我们一生的追求。

我们请商金林教授为《叶至善集》写序,他愉快地接受了。我们知道,金林兄和父亲有着非同一般的交往,由他来写序,定会饱含非同一般的情感。果然,看了他的序,我们的欣慰溢于言表。说它是一篇序,倒不如说它是一篇情文并茂、夹叙夹议的祭文。看得出来,凭着对父亲的热爱,他认真地阅读了父亲的集子中几乎所有的文章,对每一卷中有特色的文字都做了介绍和评述,可以说是这六卷本的非常优秀的导读。更难能可贵的是,序文从头至尾生动地记述了许多父亲生活中的真实细节,这不仅表达了他对父亲的深切怀念,也可以让读者感受到父亲在待人上的脉脉真情。正因为很少有人这样写父亲,因此这一点尤其令我们感动。序文写得这样好,"感谢"二字岂能表达我们的心意,况且金林兄和我们情同家人,说感谢反倒显得生分,不说也罢。

爷爷和父亲都曾是民进的成员。《叶至善集》的出版得到了民进中央和叶圣陶研究会领导的支持,叶研会还将本书的出版正式列入二〇一四年的工作计划。对此我们表示衷心的感谢。此外,还要感谢开明出版社焦向英总编辑和陈滨滨社长以及各位同志们,为出版他们的名誉社长、第一任社务委员会主任的这部《叶至善集》,他们倾力相助,给予了各种支持,各种方便。感谢责任编辑支颖同志,她的工作细致而有创意,在她的努力和坚持下,使得这部书得以顺利出版,她给出的许多建议都被我们采纳,从而为本书增色不少。

二〇一四年九月四日

(作者注:此文与叶永和合写)

《父亲长长的一生》再版序

《父亲长长的一生》是我们的爸爸叶至善为爷爷叶圣陶写的传记。

二〇〇一年,江苏教育出版社准备再版二十五卷本的《叶圣陶集》,他们和爸爸商量,希望再版的时候能增加一本叶圣陶的传记。二〇〇二年下半年,爸爸向出版社交齐了修订好的二十五卷本的文稿,开始了爷爷传记的写作。这一年爸爸八十六岁,他的身体已经非常虚弱,体力严重透支,但是他不能停歇。他在《父亲长长的一生》开篇中写道:"时不我待,传记等着发排,我只好再贾余勇,投入对我来说肯定是规模空前,而且必然绝后的一次大练笔了。"

于是爸爸伴着病痛,近乎不分昼夜地,以每天一千多字的速度开始了传记的写作。现在回想起来,那时候他每写完几页文稿,就让我们用电脑把它打出来,一遍遍地念给他听,一遍遍地修改,直到句子听得通顺上口,意思写得清楚明白,才肯再往下写。那时候他的身体已经累垮了,在全神贯注写稿子的时候,他似乎忘了浑身的疼痛,连平日里急促的呼吸,都变得舒缓而平稳。可是一放下笔,他累得连脱鞋的劲儿都没有了,一头倒在床上,大口地喘着粗气,把速效救心丸放进嘴里。那时候他把什么都放在了脑后,连胡子也顾不得刮,浓浓的须髯天天在长,又白又厚,足足有半尺多长。他颇有些得意,笑称没想到自己竟成了美髯公……两年以后,爸爸终于写完了这本三十四万字的传记,他把文稿交给出版社就病倒了。

二〇〇四年末,爸爸在北京医院的病床上,看到了刚刚出版的《父亲长长的一生》。他把书送给曾为他们父子俩动过手术的老院长吴蔚然。他说:"我父亲对我的关心和教育使我受益终生,我应该写一本书来纪念他。"一年后爸爸过世。

爸爸是爷爷的长子,幼年时在爷爷的关注下学步识字,少年时在爷爷的辅导下学做人作文,青年时和爷爷一起编辑书刊,建国后和爷爷一起活跃在文化界和出版界。爸爸跟爷爷生活了七十年,一起经历了所有的国事家事。他清楚爷爷的理想和追求,他知道爷爷的为人和处世,他懂得爷爷的喜怒哀乐,他了解爷爷的文字和作品,所有这些都使爸爸在写自己的父亲的时候心中有数,笔下有神。这本《父亲长长的一生》,写下了爷爷从出生到过世长长的九十四年,写下了儿子眼中的父亲——一个真实的、勇敢的、敢爱敢恨,一生都在追求光明,追求正义,以天下为己任的叶圣陶;一个工作上孜孜不倦,认真对待每一件事情,生活中孝敬父母,关爱妻儿,把家庭时时放在心上的叶圣陶。

《父亲长长的一生》初版时,责任编辑缪咏禾先生写文章说:"这本书是至善先生晚年创作的一个高峰。它叙写了上个世纪中一个中国文化人的心路历程和道德风貌,展示了传主叶圣陶和国家、社会、事业、家庭等众多人际间的丰富关联和互动,书中叙写的种种人和事,既是对历史的记述,又对今天精神文明建设具有极大的传承意义。"

时间过得真快,转眼《父亲长长的一生》出版已经十年了。四川文艺出版社的同志对这本书欣赏有加,和我们商量,希望能再版这本书。他们说,抗战八年,叶圣陶全家都是在四川度过的,书中用大量的笔墨,记录了一家人在那个艰苦岁月的工作和生活。看得出,父子两人对四川都有着别样的感情。在这本书出版十年的日子里,四川出版人愿意以再版这本书的方式,来纪念他们热爱的叶圣陶父子。这样的深情厚谊让人感动,我们欣然同意。新出版的书在装帧设计上更加精致,还增加了一些珍贵的历史照片用作书的插页,这些改进都令人赞赏,更可见出版社的一片诚心,在这里我们表示真心的感谢。

二〇一五年三月二十日

(作者注:此文与叶永和合写)

记父亲叶至善最后的那些日子

时间过得真快,我的父亲叶至善离开我们已经十年了。

父亲十几岁就跟着爷爷学习写作,二十二岁开始跟着爷爷学做编辑,过世那年他八十八岁,算起来做编辑做了整整六十六年。他这一辈子为孩子和青少年写了许多好的科普文章,编辑了许多好的期刊和图书,自己创作了许多文笔流畅、情感真挚的散文和文学作品。父亲做编辑总是把读者放在第一位,把作者放在第一位,他所做的一切都是在为读者和作者服务。父亲热爱自己的编辑工作,就是在不得不放下笔的那一刻,对编辑这一行,他依然有着太多未尽的心愿,依然有着太多的恋恋不舍。在编辑同行里,凡和父亲一起工作或有过交往的人,都会受到他的感染,佩服他鲜明的编辑主张、聪慧的编辑理念、精到的编辑业务和良好的编辑道德。

父亲一辈子做编辑,作为叶圣陶的儿子,他的后半生编辑出版了爷爷的许多书,其中最大的工程就是二十六卷本的《叶圣陶集》。从第一版到再版，花去了他十二年的时间。他的这些工作，不光是对爷爷一生的作品进行了收集和整理，还为后人了解、认识和研究叶圣陶留下了翔实的史料。爷爷是五四新文化运动的参与者和实践者，他的一生反映和代表了那个时代知识分子关于文学、教育、编辑出版的思想和主张。《叶圣陶集》是很有文学和历史价值的文献。

编《叶圣陶集》

父亲开始编《叶圣陶集》是在一九八八年十月。那年江苏教育出版社的缪咏禾、吴为公同志来北京，约父亲他们兄妹三个编一部爷爷的大型文集，尽可能全面地反映他老人家一生的生活、工作和思想。爷爷原是不同意出版他的集子的，说出那些已经过去的旧东西就像是炒冷饭，没有意义。父亲劝爷爷说，你一辈子写了那么多的东西，如果咱们不编，别人也会编，与其让别人来编，还不如咱们自己编。毕竟自己最了解自己的作品，哪些收，哪些不收，可以按照咱们的意愿编得全面一些。爷爷被父亲说服了。

出版社的同志一走，父亲的编辑工作就开始了。《叶圣陶集》的第一至四卷收集的是爷爷的小说和儿童文学。爷爷写小说比较早，一九一二年就开始在报刊上发表文章了，之后每隔几年都会把新的作品选编成集子。有爷爷自己编过的那些集子做参考，父亲又是个快手，再加上出版社的努力，只花了一年的时间，最终赶在爷爷九十三岁生日之前出版了。那时候爷爷的视力已经很差了，父亲把新出的四卷书放在了他的手上，他没有翻开来看，只是一本挨一本地抚摸了一遍。我想，这时候爷爷的心中一定感到了一丝的欣慰,为了自己的过往和儿女们的努力。

三个月后爷爷过世了。他不会知道,这第一版的《叶圣陶集》从一九八六年一直编到了一九九四年,总共花了八年的时间。后七年的编辑工作很辛苦。一是,以后的各卷,大多数文章都要现找现抄。到旧书和旧杂志里找文章颇费时间,专门研究爷爷的北大教授商金林,写过一本《叶圣陶年谱》,父亲和他按照那上面的线索找到不少爷爷的陈年旧作。文章找到后抄写也是件颇费工夫的事情,父亲自己抄得最多,有时候也会分给我们一些,让我们帮着他来做。二是,随着工作的进展,收集到的文章大大超过了原来的预计,原本计划只编一卷本的教育、教学等卷,根据收集到的稿子,不得不增加卷数,光语文教学就编了四本,因此总的卷数超出了预期的四分之一。编辑的时间拖长了,出版的时间自然就拖长了,比原来预计的推后了两年。

一九九四年十月,《叶圣陶集》二十五卷本终于出齐了。十月二十八日,全国政协和民进中央在人民大会堂开会,纪念爷爷诞辰一百周年。这新出版的《叶圣陶集》齐齐崭崭地放在了大会的展台上。开会前,父亲独自一人在新书前面站立良久,我真想像记者那样采访一下他:看着花了八年时间编成的二十五卷本,此时此刻您一定想起了您的父亲。请问,如果他老人家健在,会是一种什么样的心情呢?作为他的儿子,您为这套书的出版花费了很多的心血和努力,现在这套书完完整整地摆在了这里。请问,此时此刻您又是怎样的一种心情呢?当然,我不是记者,我没能问父亲。我想,这时候父亲的思绪和感情,恐怕连他自己也说不清吧。

再版《叶圣陶集》

父亲自己也没有想到,事情到此并没有结束。

七年以后,二〇〇二年五月末的一天,全家人正准备吃晚饭,一个从南京打来的电话,打乱了父亲原已比较安定的生活。电话是缪咏禾先生打来的,为了编辑《叶圣陶集》,他曾和父亲合作了八年,是这套书的责任编辑。他告诉父亲,出版社要再版《叶圣陶集》。原来的集子是分册出版,因此每一册的印数不一,时间又拖得比较长,很多读者没有收集到全套的集子。咏禾先生还说,虽然只过了短短的几年,出版印刷却经历了从铅与火到光与电的翻天覆地的变化。第一版的书的纸样虽然还在,可是已经不能用了,所有的文章都要通过电脑录入重新排版。听到这个消息父亲很高兴,觉得正好借这个难得的机会,对上次编辑上的疏漏做一些必要的订正和补充。他对缪咏禾先生说:"好,我马上开始从头到尾通读一遍。"七百多万字,通读一遍可是个大工程。父亲放下电话就找出了第一卷,当夜就读了起来。

开始编辑《叶圣陶集》第二版那年,父亲已经八十三岁了,是一个不折不扣的老人了。再版对有些作者来说或许是件很容易的事,不过是作品的重新印刷,但是爷爷和父亲每次都会认真地一字一句地重新校订。这一次父亲做得格外仔细。比如,有的作品要补充出版年代;有的文章要从这一卷移到另一卷;要把新找到的文章添加到相应的卷里去。这一次再版,父亲还重新写了前言;重新调整了每一卷前面的照片和说明;重新写了每一卷的后记。因为爷爷的作品中涉及的人物、事件和时间,只有父亲最清楚哪些遗憾需要弥补,也只有父亲心中有数。我们没有参加第一版的编辑工作,谁也帮不了他,所以他只能孤军作战了。

父亲是个做事极其认真的人,这里我只举他为这《叶圣陶集》每一卷配的照片写说明为例,说说他是怎么做的。二〇〇三年的七月,二十五卷的书稿全部看完了,父亲执意要重新做前二十五卷的照片和说明。为每一卷都配上与这卷内容相符的四到六张照片,照片的说明要详细地交代时间、地点、人物、事件。每则说明多的二百多字,少的也要百十来字。我算了一下,这二十六卷的照片说明就要写两万多字,这真也算得上是一个不小的工程了。有时候为了一幅照片的说明,父亲查资料,翻看爷爷的日记,斟酌修改,要花上一两天甚至三四天时间。我常常忍不住劝他不要太认真了,不要对自己太苛刻了,这样费心费力,又有多少人会读呢。父亲对我说,照片说明这样写,读者看起来才会有兴味,才会知道事情的来龙去脉。他还是那句老话,要为读者着想,哪怕只有一个读者想看想知道,也要为他着想。我自知理亏,自知说不动父亲,一切只得由他去做,只是看他为这每段百字的短文,天天翻看查找撰写心疼,看他的进度太慢又着急,因为出版社那边是有时间要求的。

那么父亲是怎么写书中的照片说明的呢?我们不妨从第一卷中找两段来看看:

甪直苏州五高全体教员

一九一七年初,作者被老同学王伯祥、吴宾若两位说动,去水乡甪直,于苏州第五高等学校试行基础教育改革。初夏,全体教员在校后鲁望祠花园里摄了这幅合影。

从照片上看,作者坐在左首第二。王伯祥站在他身旁靠前,也穿的马褂。站在中间挺丰满的是吴宾若,他担任校长。

其余七位,从左首往右数,是殷康伯、孙鑑平、朱韫石、沈君宜、徐毓才、董志尧、陈詠霓。

"伊和他"

一九二〇年春天,五高开恳亲会,请学生家长检查教学成绩,观看文娱体育表现。胡墨林把宝贝儿子也抱去了,在操场上拍了这张照片。后面的屋脊是当年的保圣寺。

在作者早年小说、散文和诗歌中,这母子俩经常出现,有时当配角,有时竟成了主角,如小说《伊和他》《地动》,如新诗《成功的喜悦》《拜菩萨》。

那时候父亲的身体已经很不好了,气喘、睡不好觉、浑身没劲儿、吃东西不香,这些现象一天也没有离开过他。再加上他办事认真,上了岁数什么事都心急,所有这些都让我们为他担心。父亲夜以继日地干,花了近两年的时间,终于在二〇〇二年的十月份,把二十五卷书稿如期交给了江苏教育出版社。父亲知道,更艰巨的任务还在后面呢。

写《父亲长长的一生》

二〇〇二年年底,父亲动手写《叶圣陶集》的第二十六卷——爷爷的传记《父亲长长的一生》。他在这本书的开篇写了短短的八百多字算是序。其中特别说明,在这次再版的时候,江苏教育出版社和他商量,"如此规模的一部个人专集,该有一篇比较全面而且简要的作者传记"。他同意了,并答应自己来完成这项工作。于是又写道:"时不我待,传记等着发排,我只好再贾余勇,投入对我来说肯定是规模空前,而且必然绝后的一次大练笔了。"别看只短短的一句话,却道尽了父亲的沧桑。这里说"我只好再贾余勇",那是因为前面对二十五卷的整理,已经耗尽了父亲的心力,要完成传记的写作,他只有拼上自己仅剩下的那点儿勇气了。这里说"肯定是规模空前"的,那是因为父亲这辈子是写了不少文字,但是这样的长篇人物传记,他还从来没有写过,对他来说这无疑是一次挑战。这里说"而且必然是绝后的",那是因为父亲已经八十五岁了,尽管他还有着许多未了的事情,但是他知道自己的时间不多了,没有精力去做比这更大的事情了。事实证明父亲说得没有错,他在花了一年多的时间,把写好的文稿交给出版社以后,就病倒住进了北京医院,从此再也没有迈出医院的大门。《父亲长长的一生》真的成了他"绝后"的杰作。

在父亲写《父亲长长的一生》的那些日子里,我除了上班,余下的时间都陪伴在他的左右,帮他做一些力所能及的事情。在我写给朋友的信中,记录下了当时和父亲在一起的生活片段,不妨从中摘录几段。

二〇〇一年十一月

爸爸每天晚上躺下的时候都会大喊:"我不行了,我真的不行了!"可是第二天早上我走进他的房里的时候,他已经伏在桌上干了好一会儿了。现在天冷,夏天的时候,他半夜醒了就半夜起来干,虽然身体确实很疲倦,可还是不敢歇,总在努力。

二〇〇二年十二月

爸爸今夏身体不好,住院了。查出糖尿病和前列腺炎,要打胰岛素治糖尿病,吃保列治治前列腺炎。现在病倒是控制住了,体力也恢复了一些。可是他总是坐在书桌前工作,两条腿走路的本事越来越差。十月二十二日摔了一跤,幸好没有摔坏骨头,走起路来就更困难,最好有人扶。只要我在家,总是让他用双手扶着我的肩膀,这样保险多了,也踏实多了。

爸爸总是想努力地干更多的事。叶圣陶二十五卷本的所有修订本刚刚全部交给出版社,他又编辑了叶圣陶和贾祖璋"文革"期间的通信集。贾先生写信都留底稿,又收集着爷爷给他的所有信件,才使得这本通信集有出版的可能。信件有二百多篇,书名是爸爸起的,叫《涸辙旧简》,也有三十万字呢。爸爸把信全看了一遍,不清楚的字描清楚,该删掉的文字删掉,还写了一篇序,花了他大约一个多月的时间,每天都要干七个小时。等这件事做完了,他要开始写《叶圣陶集》的二十六卷,也就是全集的最后一本,叶圣陶的传记。

爸爸干得真苦,每天躺下都累得不行,可是第二天一起床照样干。他和我说,还要再活十年,后来又说要活到一百零五岁,因为他要做的事太多,做不完。我恨自己帮不了他什么,只能在生活上多照顾他一点儿。他真的老了,因为不出门,索性不剃胡子。一把白胡子有两寸多长,白头发也懒得剪。有人看了说他越来越有风度,也有人说他显出老态了。写三十多万字的稿子,对一个八十五岁的老人来讲,实在是压力太大了。看他体力不支,看他会因为写得不顺利烦恼,怜悯之心油然而生。这一年他老得太快了。

二〇〇三年七月

江苏教育出版社把前二十五本的片子已经做好,只等爸爸的传记写出来一起开印。他们体谅爸爸年纪大,身体不好,催得不紧,让他慢慢写。爸爸写传记,写这么长的文章,还是有生以来的第一次,大概要三十多万字,现在写了七万。他年纪到底大了,身体又实在差,许多的事件,许多的人物还要核对查实,麻烦又比写一般文章要多,所以进度很慢。快的时候一天能有五张稿纸,一千五百字,但这样的日子不是很多,一般三张纸,不到一千字。有的时候竟一张也写不出。他的这个传记要写得与众不同,他像以往那样,喜欢试着用新的写法,新的念头。写到高兴之处,他会得意地笑。我喜欢看他得意,看他笑,笑得像个孩子。

天热了,爸爸常常半夜醒来就起床。有时是两点,有时是三点四点。起来了就写,写累了再躺下。吃过早饭就写不动了,总要先睡一会儿再起来写。他身体不好,除了觉得气力不够,喘得厉害之外,腿脚越来越不方便,常常站不稳,眼看着他会向前冲,像是要摔跤,真让人担心。所以只要我在,总是让他扶着我的双肩,带他去洗漱、上厕所、吃饭。我现在睡在他的房里。夜里他一起床,我就起来帮他添加衣服,扶他坐到桌前。然后他写东西,我躺下再睡。爸爸的食欲不好,见了什么都不想吃。这事难坏了采买的小弟,难得他都快愁病了。

父亲写爷爷的传记《父亲长长的一生》,从二〇〇二年末开始动笔,直到二〇〇四年八月中旬完稿,前后花了近两年的时间,写了近四十万字。责任编辑缪咏禾先生在一篇文章中说:"传记"详细正确地记述了圣陶先生一生行状。……"传记"又是阅读叶老文章的解读参考,也是现代文学史的某种注释。……"传记"最大的特点是它动人的文笔,全书采用散文的笔调,感情丰沛,娓娓动人。

二〇一六年六月二十日　深圳